時代に抱(いだ)かれて

庄子 正彦
SHOJI Masahiko

文芸社

目次

「あっ、天皇陛下に手がある！」——昭和天皇仙台巡幸記

「原子爆弾が投下されたことに対しては遺憾に思っていますが、こういう戦争中であることですから広島市民に対しては気の毒ですが、やむを得ないことと私は思っております」

天皇のこの言葉を聞いた途端、東彦(はるひこ)は「えっ、うっそーっ、まるで他人事ではありませんか」と思わず叫んでしまった。

昭和五十年十月三十一日、皇居宮殿内石橋の間で開催された記者会見でのことであった。東彦はこの会見の録画を見ていたのだ。

「陛下、それはないでしょう。黒焦げのもはや炭化して横たわる死体や、瞬時に蒸発し影だけ遺し、焼けた空中に気体と同化してしまった人へのお言葉ですか」

東彦は怒りよりも呆れてしまった。

「天皇陛下万歳と言いながら突撃していった兵士、焼夷弾の降る下で火炎に包まれて灰と化した陛下の赤子たちの無念さにも同じようにお応えになるのでしょうか」

東彦は悲しく、情けない気持ちになった。

そして、突然、東彦三歳八ヶ月だったあの日のことを思い出したのだ。

「陛下、遠い昔、あなたさまはご存じありませんですが、私はあなたさまのお姿を目にいたし、驚天動地の言葉を発したことがございます」とつぶやいた。

昭和二十二年八月五日午後五時十分、昭和天皇（以下天皇）は、全国巡幸の目的地の一つである仙台駅に到着され、駅を出られた。その時の天皇の様子を河北新報は次のように報じている。

宮廷列車から出られた陛下の浅黒いお顔、ねずみ色の背広にカンカン帽、茶色のおくつ、左右に迎える人々に帽子を軽く取られてお言葉を賜りながらお召し自動車に乗られると萬歳の歓呼が渦を巻いた。西日がカッと照りつけてお眼鏡が光る。

同じ紙面の別な記事では、

ねずみ色に細く白いしまのある背広、チョコレート色の短ぐつ、紺に赤い花模様をしゅうしたネクタイを召されて陛下は縣廳（県庁）二階バルコニーの白木の台に立たれた。

と記している。

この時、県庁前広場、大道路の南側に集まった市民は「二万余」と言う。また、巡幸時の天皇のトレードマークでもあったカンカン帽について「日に焼けていた」、そして「陛下のお顔も日に焼けていた。バルコニーで時間は一分であるが、その間二回静かに微笑されてた。唇から鈍く白い歯が見えた」と、微に入り細に入りの描写をしている。

天皇はこの日午前七時二十分に宮城を、同三十分に東京駅を出発、午後零時四分福島県湯本駅に到着された。その後オープンカーで沿道の奉迎者の歓呼に応えながら石城郡湯本町の常磐炭礦株式会社磐城砿業所に到着された。すぐに社長から、炭礦の沿革や配給事情をお聞きになった。そしてその後、一五〇〇尺（約四五四メートル）の坑底に入り、炭坑夫たちを激励された。さらに仙台に向かう途中、石城郡内郷町の裁縫女学校前、平駅、原ノ町駅でも下車され、町民や遺族・戦災者らの奉迎に応えられた。この行程を見ると記者の「随分お疲れのように見えた」という記述には納得がいく。

東彦は、この天皇の巡幸を母に連れられて目にしている。この時、母の背には九ヶ月になる妹の玲子がいた。母は、親族や隣人たちと連れだって奉迎の列に加わっていたのだった。東彦には微かながら、この巡幸の情景が脳裏に残っていた。それは年と共に薄れていき、いずれ消滅するはずであった。しかし、なぜか母はこの時の奉迎の様子を折に触れて話した。その話の中には東彦のある行為が必ず織り込まれていた。そのたびに、東彦は「また母の十八番が始まった」と苦い思いで聞いていた。その苦さのせいか、微かな記憶は消えるどころか、まるで釘付けされたように確かになっていった。

東彦の記憶に残る巡幸光景は、沿道にひしめく人々の群れとその群衆の背後に広がる白い瓦礫の連なりである。空襲で破壊されたビルなどの残骸である。透明感に満ちた空気と青い空が広がっていた。日の光が瓦礫を白く浮きだたせ、破壊の威力を際立たせてた。そう脳裏には刻まれている。沿道に連なる人々は黒い塊で、表情などは少しも思い出せないのである。人々の連なりの狭間を黒い車の一団が通過していった。その中に帽子を振る男性の姿を東彦は見たのである。「現人神」と、奉られた天皇であった。その時、東彦の脳内を電流が走った。そして何かが破壊されたのである。思わず、

「天皇陛下に手があるう」

と、叫んでいた。

わずか三歳八ヶ月の幼児が、である。

その大声に慌てたのは母親の裕美である。出発前、長老たちにくどいほど不敬なことをしてはならないと、釘を刺されていたのである。こともあろうに、三歳余の息子が天皇に向かって「手がある」なんて叫んでしまったのである。紛れもなく「天皇陛下さま」を冒瀆する言葉以外何物でもない、「不敬罪だ」と、裕美はとっさに判断したのである。「東彦そんな大それたこと言うもんでねぇ」と、叫んだ。そして、もう存在しないはずの「憲兵さん」という言葉を使って「連れていがれるぞ」と言った。さらに東彦の左腕をぐいぐいと引っ張った。その引っ張った腕の力をゆるめることなく、首をすくめると、そっと周りを見回した。しかし、周りを囲むようにして立っている人々から叱責やたしなめの言葉など一つも飛んでは来なかった。そればどころか、裕美たちに関心を持つ者など誰一人としていなかった。誰もが通過しようとしている車列に「万歳、万歳」と身を投げ出すように、あるいは背伸びをしながら大きく叫んでいたのである。裕美の心配は全くの杞憂であった。

不敬罪については昭和二十二年十月に刑法から削除されている。また、前年の二十一年一月一日に出された詔勅の中で「天皇の神格」は否定されている。いわゆる「天皇人間宣言」である。しかし、昭和二十一年の五月十九日の「米よこせメーデー」で松島太郎が不敬罪で逮捕、起訴されるという事件が起きている。結局は最高裁で免訴になったが、当時大きな反響を呼んだ。容疑は掲げていたプラカードの文言にあった。その表面には「詔書　國体はゴジされたぞ　朕はタラフク食ってるぞ　ナンジ人民は　飢えて死ね　ギョメイギョジ」そして裏面には「働いても働いてもなぜ私たちは飢えねばならぬか天皇ヒロヒト答えてくれ　日本共産党田中精機細胞」という内容である。当時、この事件は大きく報道されたから裕美の耳にも入っていただろう。茶飲み話でもひそひそと語られたかもしれない。このプラカード事件は「最後の不敬罪」であった。しかし、裕美たち庶民には戦前の恐怖を以て語られていた不敬罪とこのプラカード事件の不敬罪が重なり、この罪名はなお強固に脳裏に植えつけられていたことは間違いない。

後年、母親からこの巡幸時の「叫び」を聞くたびに東彦はあまりよい思いをしなかった。同時に、彼の記憶である「太陽の光線が瓦礫に反射し、周りを白くした光景」と、当日の実際の天候の違いについて思いをいたすようになった。その違いはどこから来ているのかと。巡幸第一日目は青空が時折見える天気であった。二日目は午前中が小雨で午後から曇りであった。どちらも東彦の記憶の天候とは違っていた。記憶というものは曖昧さを持つ。時が経るにつれその曖昧さは増していく。しかし、「白い瓦礫の風景」は確かな記憶と東彦は信じていた。だが、調べていくうちにそれが天皇巡幸時の天候ではないということが判明した。では一体それが何時のことだったのかと問われると、急に自信がなくなるのであった。三歳の幼児が一人で都心まで外出などするはずもない。行くとしたら必ず母親か近親のおとなが一緒であったはずである。そのような機会があったのか、母親の裕美に問えば判明することであるが、しかし、その母親は既にこの世の人ではなかった。

宮城県巡幸初日である五日の日程は、次のようなものであった。

午後五時十分仙台駅に到着された天皇は、すぐにお召し自動車に乗車され「津波のように押し寄せる群衆」の中を花京院通から錦町を経て宮城県庁に到着された。「ここでも万余の群衆」であった。バルコニーに立たれた天皇は帽子を取り、手を挙げて市民に応えた。天皇を一目見んと集まった群衆の中には県庁の屋上や木の枝に登り、天皇を見下ろす者もいた。招待された高齢者の一人は「このような奴がいようとは思わなかった」と嘆いていた、と地元新聞が伝えている。その後、千葉知事、岡崎市長からお話を聞かれて再びお召し自動車の人となられた。そして午後六時五分、宿泊先の仙台市南小泉一本杉の旧仙台藩主伊達家邸に到着された。この間の経路は清水小路、荒町、二百人町である。清水小路の「小路」だけを読むといかにも細い小道のように思えるが実際は国道四号線のメイン道路である。現在は、仙台駅方面と県庁・市役所方面から車が流れ込み、ラッシュが終日続く状況である。この大動脈となった清水小路とは、藩政時代は中級武士の住む侍屋敷が並ぶ静かな街であった。そして、大正末期までは五橋交差点の東北角付近に大清水と呼ばれる清水があり、ここから清水が豊富に湧き出ていたという。今ではとても考えられない風景である。これからわかるように地名の由来はここに湧き出る清水によるものであった。この清水小路を南へ少し進んだところを左折すると荒町になる。この交差点から東へ約二百メートルの間が荒町になる。藩政時代は奥州街道の本筋であった。この街は昔から麹や団扇の生産や販売で知られていた。商店が軒を連ね、信仰を集める毘沙門天もある。天皇は「五彩の吹き流しの林立する飾りの中」を、やはり立錐の余地なく集まった市民の歓呼の声に応えながら通過していった。この日の七夕飾りは天皇の巡幸に合わせ、市内中心街で五千本の竹飾りが並べられた大規模のものであった。六日付地元新聞掲載の写真を見ると、十メートル以上はあろうかと思われる大きな竹飾りが、道路の両端から斜めに天上を覆っている。吹き流しがわずかに横に流れているので、微風と思われる。その下を車列が通過している。車は五台まで数えられたが、その後にもまだ車が続いているように思われる。通常の車列は御料車（天皇が乗車）と前後二両ずつの供奉車の計五両からなる。この時の車列には、県あるいは市の車両が加わっていたと考えられる。従ってこの時の総計台数は六、七台かと推計される。この時の御料車の車種はメルセデス・ベンツ770Kではないかと思われる。戦前ドイツから七台輸入されている。そのうち一台は戦時中に戦災消失した。「赤ベンツ」の愛称で親しまれていたという。また、巡幸でも使用されたというから、仙台の街中も走ったと考えられる。新聞写真の車列の先頭車をよく見ると、ルーフの全面両サイドに突起のようなものが見える。これがそのベンツに酷似している。

幸い荒町地区は空襲を免れた。商店主たちが中心になって七夕飾りが作られたという。仙台商人の心意気と市民の天皇歓迎の熱い気持ちが合体したものといえる。巡幸の前年昭和二十一年七夕祭りが復活している。戦況が激しくなった昭和十八年、十九年はいくつかの飾りが商店街で見られただけで、ほとんど飾られることはなかった。敗戦後の翌年、一番町通の焼け跡に五十二本の竹飾りが立てられた。「涙の出るほど懐かしい」という市民の声が地元新聞に掲載されている。この七夕飾りもやはり一番町商店主たちの努力と心意気の発現であった。

荒町を進む車中の天皇が、これらの七夕飾りにどれほど気付かれたかは不明である。しかし、新聞掲載の写真を見ると、お召し自動車は「両側の家並みから垂れ下がる五彩の吹き流し、銀の短冊、千羽鶴……降るような花吹雪の中」を徐行しながら進んでいった。このことから推し量るにフロントガラスを通し、あるいはサイドの窓越しに、天皇はこれらの七夕飾りをご覧になっていたに違いない。

天上に五色の綾どり、そして、人垣でぎっしりの沿道からは人々の万歳の声が津波のように湧き起こった。これらの人々の大多数の心情は心から天皇を崇敬し、その気持ちが「万歳」という叫びに集約されていたのではなかろうか。その市民の歓呼の声を後にしてお召し車は、南小泉一本杉の宿泊所である旧仙台藩主邸に六時五分に到着された。まだ陽は落ちず、仙台城趾のある青葉山が文字通りに緑一色に映え、その背後に連なる奥羽山脈の山並みがわずかに顔を見せ、薄紫に霞んでいた。焼け残ったビル以外、大きな建物はない仙台市中心部が一望に見渡せる広大な情景は、何やら異次元の世界のようでもあり、異国の地のようでもあった。無残な風景でもありながら、人々は太古の無人の光景を容易に偲べる幸せに一時浸ることも可能であった。

宿泊所となった旧伊達家邸は、現在聖ウルスラ学院に変わっている。（なおこの地は昭和五十五年学院より仙台市へ寄付された。）学院校内には地名にもなった老杉が健在である。この老木は数百年の樹齢を持ち、遠く四方から認められたという。今となっては貴重な伊達家ゆかりの樹木と言ってよい。ちなみに天皇は御夕食の際に仙台煮付・笹蒲鉾・鮎味噌田楽・ほやの酢の物などの郷土食を召し上がった。他に白石そうめんがついていた。地元新聞にはそう記されている。

仙台巡幸二日目である六日は「午前中りん雨さえ降り、午後もどんよりと曇っ」ていて、前日の酷暑と打って変わり「暑さ忘れる絶好の巡幸日和」であったという。しかし、仙台近郊やさらに遠方から駆けつけてきた人々にとっては必ずしも絶好の日和とは言えなかったかもしれない。新聞の写真で見る限り、高齢の人の姿が多く写っている。このような人々にとっては小雨とは言え、何かと不便なことがあったのではないかと推察する。巡幸二日目の仙台市内移動はオープンカーを使用する予定であったが、雨天のため通常の自動車で目的地へ向かっている。

翌朝、天皇一行は宿泊所の伊達家邸を八時に出発された。来た時の逆コースで荒町、清水小路、仙台駅前、錦町、そして宮城県庁の西横を走る勾当台通から北仙台駅西にある長生園、仙台更生寮に向かう。長生園には八時三十五分に到着されている。園と寮の視察を終え八時五十五分に出発し、木町通小学校を訪問。隣接する第二中学校の授業の参観と校歌の合唱を聞かれる。その後、校庭で仙台市内小中学校児童・生徒代表の歓迎を受けられている。さらに担任教師が東北少国民歌等に振り付けた女子児童の舞踊が披露されている。まだ「少国民」は健在であったのである。ここでの滞在は三十分であった。その後、東北大学金属材料研究所の視察をされ、仙台市内最終目的地である仙台病院に向かわれる。途中、東一番丁、名掛丁を通られる。この間の情景を河北新聞は次のように伝えている。

仙台市の陛下をお迎えする狂熱ぶりは前日にも増して白熱化し、陛下のお顔に接しようとする市民は沿道に黒山の人垣をつくり幾十数万を数えた、市民の熱狂は夥しい花吹雪等にうずもれ東一番丁、大町、新伝馬町で頂点に達した。陛下のお車がお通りになると声は潮となって打ち寄せ、打ち返し五彩の吹き流し、短ざくなどが霧雨の中にはらはらと散っていた。（作者注　旧漢字は新漢字に直して引用）

新聞記事というより小説の情景描写のようで、情感たっぷりと表現されている。この記事を読む限り、一部にあった「天皇の戦争責任論」を追及する声や「退位を迫る」要求など微塵も読み取れない。それどころか「全国を隈なく歩いて国民を慰め、励まし、また復興のために立ち上がらせるための勇気を与える」という天皇の全国巡幸の目的が十二分に実現されているように思われる。その上、東北巡幸については、当初、天皇の静養のために九月に入って涼しくなってからという予定であったという。また、六月、七月にかけて東北地方は長雨に見舞われ、さらに水害に襲われ、巡幸の延期もやむを得ないと言われていた。ところが天皇は、むしろ水害を見舞いたいとの熱意を示され、実現した。このような天皇の熱意や責任の強さが東北の人々に伝わって「狂熱ぶり」というような情景が現出したのかもしれない。行く先々での国民の天皇に対する手放しの礼賛、傾倒、熱狂ぶりは明治以来の国家の天皇崇拝政策、教育だけでは説明しきれないものがある。恐らく国民・民衆は、政治的につくられた神聖君主としての天皇ではなく、大いなる力や威霊をそなえている存在者であることを認識していた、という説明が当を得ているのではないか。それ故に「恐れ」ではなく、「畏れ」という言葉が適切となる。ただし、明治憲法の「天皇は神聖にして侵すべからず」という文言が、国民の意識の中にすみつき、肥大化していったのではないかという考えも否定できないかもしれない。特に、昭和に入ってから軍国主義が強まるにつれ天皇崇拝、戦争礼賛は、社会のあらゆる機構を通じて強められていった。それを主導していったのは、軍であった。軍は国家神道を強力に推進し、強烈な思想統制、言論統制、報道規制を行い、全てが天皇の御為にという形に収斂させていった。国民は否応なしに天皇礼賛、戦争礼賛の下り坂を走らされていったのである。政府・軍部はアメとムチでもって国民を飼い慣らしたとも言えるのかもしれない。

国立仙台病院到着は十時三十五分である。伊達邸出発から二時間三十五分経っている。この間、訪問箇所は四箇所である。相当なハードスケジュールといえる。この後、天皇は塩竈魚市場の見学、松島瑞巌寺での昼食、そして女川町に入られた。女川魚市場ではカツオの水揚げ状況を視察された。そして、折から入港してきたカツオ漁船の船長・船主に「たくさんとれたね、どのくらい出たか」、「これからも頼む、たくさんとってくれ」と激励をされている。船長の驚きは半端ではなかっただろう。ついこの間まで現人神であった方である。庶民感覚では生き神様である。いくら「人間宣言」をされたと言っても庶民の意識、感覚には依然として生き神様で占められている。しかも、この船長は漁から港に戻ったばかりのことである。おそらく「呆然」として返事もままならなかったことだろう。しかし、この船長やその家族にとっては終生忘れることのできない慶事であり、名誉であったろう。その喜びは、時間と共に湧き上がってきたに違いない。このような市民とのふれあいは巡幸先々であった。最初の巡幸地であった川崎市昭和電工川崎工場では、天皇から言葉をかけられた女子事務員は「はい、と答えるだけでもうドキドキして、ぼーっとしてよく覚えていません」と後日述べている。また、東彦の叔父の一人は旧国鉄に勤めていた。その当時、蒸気機関車の機関士をしていたが、お召し列車の運転拝命を受けたことがあった。そして、停車時には、センチ単位の狂いもなく、停車位置に列車を停止させたという。そのことは彼にとっては終生の名誉であり、誇りであった。酔いが回るとよくその話をした。昭和三十年代のことであるが、庶民にはまだまだ天皇は敬仰の存在であった。ましてや敗戦直後とは言え、昭和二十年代は天皇崇敬の念はもっと強かったに違いない。

女川漁港では天皇は、水揚げのことなど詳しく尋ねられた。生物学者としての興味、関心がそうされたのであろうか。県庁でも岡崎市長の「あれが齋藤報恩館です」という説明に「そう、標本があったね、どうしたの、焼けなかったの？」と即座に返されている。天皇が指されていたのは「齋藤報恩会自然史博物館」のことである。現在は解体され場所が移動しているが、昭和八年に開館し、貝類や魚類、恐竜の化石標本、鳥類の剝製を収蔵、展示していた。とっさに「標本」の安否を問われたのは、生物学者でもある天皇の面目躍如ともいえる。

この地でも沿道の人垣の中を徒歩で進まれた。そして、町民に帽子を振りながら女川駅まで向かわれている。

「特に引き揚げ者、戦災者席の人たちには優しいお言葉をかけ」ておられた。この巡幸では天皇と市民の距離の近さが際立つ。それは、天皇の「国民の中に溶け込もう」という気持ちが強かったから、あるいは「溶け込まそう」という意思が働いたから、と言えるのではなかろうか。この巡幸の間、天皇と国民の距離は極めて短かった。というよりゼロに近い場面もしばしば見られた。あるところでは天皇は群衆にもみくちゃにされ、上衣のボタンが取れ、靴には踏みつけられた跡が残ったほどである。町民の万歳の声に送られ、歓呼の中、古川駅に到着されたのは午後五時五十分であった。その後、直ちに宿泊所の古川高等女学校に入られた。巡幸中の宿泊所は、お召し列車の中、学校、公民館、豪農の家などが多かった。学校などでは床にござを敷き、その上に布団を敷かれたという。この時、天皇は四十六歳「働き盛りの年齢」とは言え、宿泊にもご苦労があったと推測される。翌朝、天皇はお召し列車で古川駅を発ち、岩手へと向かわれた。

天皇が全国巡幸を始めたのは昭和二十一年二月十九日からであった。沖縄以外の全国を約八年半かけて回られた。行程三万三千キロ、総日数一六五日、立ち寄り箇所は一四一一箇所に及んだ。最初の訪問地は川崎市にある昭和電工川崎工場であった。この工場では食糧生産に不可欠の化学肥料を生産していた。この頃、日本は戦いに敗れた虚脱感と、食糧難にあえぐ日々で、明日食べるものさえなくて、一億国民は飢餓状態に陥っていた。天皇が巡幸最初の地を化学肥料工場に選んだのはこういう背景もあったと思われる。

戦後の食糧危機は構造的な問題を含んでいた。一つとしては、敗戦で食糧基地であった朝鮮、台湾、満州を喪失したことである。二つ目としては農業資材、農業労働力の不足、作付面積の減少が挙げられる。これらの要因が国内食糧生産の大減産につながっていった。また、敗戦の混乱で国家権力の失墜、闇取引による農家からの食糧供出量が激減した。さらに海外からの引き揚げ者（一五〇万人）による消費人口の拡大である。その上悪いことに自然災害が国土を襲った。敗戦の年の九月七日に枕崎台風、十月九日に阿久根台風という強烈な台風の襲来である。この両台風により、九州、四国、近畿、北陸、東北地方に至る日本全土に爪痕を残す大きな被害が発生した。米の収穫量は明治三十八年以来の大凶作になった。二十一年の春の麦も凶作であった。こうした事態を受け、敗戦の年の暮れから始まった食糧遅配は、二十一年に入るとさらに深刻化し、大都市で「米よこせ運動」が頻発した。二十一年五月、皇居前広場で二十五万人を集めた「飯米獲得人民大会（食糧デモ）」もその一つであった。また、不幸な事件も多発した。米の購入や就職を口実に十人にのぼる女性を暴行・殺害した「小平事件」もその一つである。また、闇米を拒否し食糧管理法に沿った配給食糧のみを食べ続け、三十三歳で栄養失調で死した「山口良忠判事餓死事件」などである。いわば物情騒然とした世相の中で巡幸はスタートしたのである。

このような世情の中、天皇はなぜ全国巡幸を始めようとしたのであろう。その問いに答える一つが連合国軍総司令部（ＧＨＱ）最高司令官マッカーサーとのいわゆる「歴史的会見」と言われた際の会話の中にある。敗戦から一ヶ月余経った昭和二十年九月二十七日のことである。

「私には失意と虚脱にあえぐ国民を慰め励ましたいので、日本全国をまわりたい。しかし、一部に反対の声があるのだが……」

天皇のこの言葉に、

「遠慮なくでかけるべきです。それが民主主義というものです」と、マッカーサーは答えたという。

マッカーサーから「内諾」を得、意を強くした天皇は、翌月宮内省次長加藤進に、

「この戦争によって先祖からの領土を失い、国民の多くの生命を失い大変災厄を受けた。この際私としてはどうすればよいのかを考え、また退任も考えた。しかし、よくよく考えた末、この際全国を隈なく歩いて国民を慰め、励まし、また復興のために立ち上がらせるための勇気を与えることが責任と思う。このことをどうしても早い時期に行いたいと思う。ついては、宮内官たちは私の健康を心配するだろうが、自分はどんなになってもやりぬくつもりであるから健康とか何とかは全く考えることなくやってほしい。宮内官はその志を達するよう全力を挙げて計画し、実行してほしい」

と話され、準備を命じる。この言葉には天皇の巡幸の目的と実行の強い意志がはっきりと読み取れる。しかし、怪訝に思うのは、先祖からの領土を、また三百万人もの国民の生命を失い、かつ家屋を始めとした数え切れないほどの財産を喪失させて敗戦に至らしめた大元帥としての責任の釈明なり、謝罪というものが込められていないことである。それを表明すれば「退位」につながると考えられたのであろうか。しかし、巡幸の先々で奉迎した国民の対応や気持ちを汲み取る時謝罪などを述べたならば、むしろ天皇崇拝の国民感情はより高まったのではないかと推察される。残念なことである。

しかし、天皇が戦争に対しては、後悔の念、反省の気持ちを十分に持たれていたことは明らかであった。それを証明しているのが、初代宮内庁長官田島道治が書き残してた『昭和天皇拝謁記』である。「五年にわたる昭和天皇との対話を詳細に書き残」されているという。そこには「戦争への後悔を繰り返し語り、深い悔恨と反省の気持ち」が記されているという。その意思の表明が出来なかったのはやはり、戦争責任、退位問題に直結、あるいは影響が憚られたからであると。しかし、思っていても、考えていてもそれを口に出すなり、文書にて発表しない限りは無いに等しい。天皇のこのことの表明に反対したのは時の総理、吉田茂らしいが、彼の政治的判断、民意の洞察に狂いがあったように思われる。天皇は原爆投下の地、広島に六度訪れている。その度ごとに熱狂的に迎えられている。天皇が「深い悔恨と反省」を表明したならば、天皇への崇敬の念はいやが上にも上がり、その余慶は天皇家末代まで及ぼしたと思われる。また、政治家、官僚に対しても倫理の範を垂れ、たがを締める効果となったのではないかと思う。

この巡幸開始前、天皇と側近は「国民に石もて迎えられないか」と危惧した。しかし、仙台での市民たちの熱狂的な歓迎と同様なことが、向かう先々で起こったのである。大阪や福島では「天皇のお姿を一目見ん」と押し寄せた群衆に、MPが空砲を撃ってようやく鎮めたという。天皇及び側近の心配は杞憂であった。

それにしても敗戦からわずか六ヶ月経ったばかりの時期に巡幸は開始された。日本中のほとんどの都市が空襲という絨毯爆撃を受け瓦礫と化してしまった。そればかりでない。戦死、戦災者は数知れない。いわば裂けた傷がふさがらず血がタラタラと地面に垂れている状態というのが多くの国民の気持ちだったろう。また、天皇の戦争責任を問う声も少なからずあった。この戦争責任については、一九七四（昭和四十九）年十月三十一日、訪米から帰った天皇が日米記者クラブで、初の公式記者会見をした折に出されている。記者の「戦争責任についてはどのようにお考えですか」という質問に、天皇は「そういう言葉のアヤについては、私はそういう文学方面はあまり研究もしていないので、よくわかりませんから、そういう問題についてはお答えができかねます」と答えている。これに対し、「戦争責任を『言葉のアヤ』と解し、『文学方面』の問題と茶化したような不真面目でしらを切った返答をし」たなどという批判が起こった。他方、天皇を擁護する意見も出された。「そういう言葉のアヤについては（『私が深く悲しみとするあの戦争』という発言が戦争責任を認めたことになるかについて）私はそういう文学方面はあまり研究していないので、よくわかりませんから、そういう問題についてはお答えができかねます」という意味であるというのである。確かに、戦争責任については東京裁判で決着している。そして、天皇の責任については米国と戦犯が協力して天皇を守り、「昭和天皇には戦争責任は無かった」としている。また、もし戦争責任を認めたとするならば「東京裁判や処刑された戦犯はなんだった」ということになってしまう。天皇は自らの発言で混乱を招くことを回避されたとも考えられる。

また、これはこの問題にかかわる重要なことであるが、それは昭和二十年九月二十七日の天皇とマッカーサーとの会見時における天皇の発言と伝えられているものである。それは、「日本国天皇はこの私であります。戦争に関する一切の責任はこの私にあります。私の命において全てが行われました。日本にはただ一人の戦犯もおりません。絞首刑はもちろんのこと、いかなる極刑に処されて、いつでも応ずるだけの覚悟はあります。しかしながら、罪なき八、〇〇〇万人の国民や、住む家なし、着るに衣なし、食べるに食なき姿において、まさに深憂に耐えんものがあります。温かき閣下の配慮を持ちまして国民たちの衣食住の点のみご高配を賜ります」と、述べたという。この二人の会見内容については日米両政府とも公表はしていない。しかし、この天皇の言葉が真実とすれば誠に潔く、かつ国民を思う英明なる君主と言える。後の記者会見の「文学問題」に収斂させた言葉とはあまりに乖離があると言えよう。それにしてもこの問題は国民の、そして世界からの大きな関心事であった。それを「文学問題」に矮小化してしまったことにはやはり納得のいかない、そして落胆した国民は多かったに違いない。逆に、この機会を「戦争に対する悔恨と反省」の気持ちを国民に話す機会ともしたならば「戦争責任」についいては多くの国民が納得し、天皇に対する尊敬と敬慕の念が四海を覆ったのではないか。誠に残念なことである。

また、巡幸開始時期「米よこせデモ」にも見られように生命の危機という状態の国民も多く、世情は至って不安定で不穏な動きすら見え隠れする状況であった。それにも拘わらず天皇はもみくちゃにされるほどの歓迎を受けたのである。理屈では説明できない紐帯のようなものが天皇と国民の間にあるとしか考えられないのである。

このような状況を考えた時に、やはり、「言葉のアヤ」とか「文学方面」などという曖昧でその場凌ぎのような方便は避けるべきだった。むしろ、民意をさらに摑む好機として、正面から堂々と自らの考えを開陳すべきだったのではないか。

東彦の母、裕美たちが天皇の巡幸を見に行った日時は明確ではない。おそらく五日であったろうと推測される。この日、天皇が仙台駅に到着されたのは午後五時過ぎである。野良仕事をいつもより早めに上がり、準備すれば間に合う時刻である。一般的に農家の嫁には自由に外出するなどという権利はなかった。多くの女性は小さな、閉ざされた村の中で生涯を閉じていた。しかし、この度の天皇奉迎は別であった。村役場からの奨励も追い風となっていた。彼女たちは早い時期から仙台に出かけられることに心を弾ませていた。まして、今回のことは天皇陛下をお迎えするという前代未聞の慶事であった。期待と同時に晴れがましさも心の中には湧き上がっていたのだった。どんなに頑迷な舅や姑であっても彼女らの外出を止めることはできなかった。もし「阻止する」ようなことがあれば逆にその舅や姑が村から「不敬な輩、逆賊」と糾弾されかねなかった。

裕美の住まいは郡山矢口というところであった。東北本線が三角形の底辺とすれば広瀬川と名取川が右辺と左辺と言える。この三角形のエリアが郡山地区であった。この郡山には西外れから矢口、台畑、矢来、篭の瀬、北目などの地区名が見られる。弓矢づくりや篭づくりという生業とつながりがあり、藩政時代の名残が濃厚とも言える。北目には北目城があった。城主は粟野氏で、その後、政宗が入城し、仙台城が完成する前一年ほど住んでいた。裕美の母親ハルの実家が北目にあった。この家に政宗が狩りの時などに休憩をしたという話が伝えられている。そんなこともあってのことであろうか、西南の役では、ハルの叔父が仙台藩士として薩軍に参加し、戦死をしている。この郡山地区は昭和三年に長町とともに仙台市に編入されている。戦争機運が濃くなった昭和十年代頃、東北本線沿いにゴム工場、石油基地、煉瓦工場、東北金属などの工場が農地を格安に買い上げてできた。しかし、このことを除けば田や畑が一面に広がる豊かな田園地帯であった。

この夏は天候不順であった。東北地方は六月二十一日から豪雨で多くの水害を受け、国道も各所で不通となった。雨がじめじめと降り続いた。このため、天皇は古川宿泊所で催される予定であった郷土舞のさんさしぐれや虎舞などの鑑賞を取り止めた。長雨は人々の気持ちを不快にする。農民にとっては死活にかかわってくる。天皇の奉迎は、こんなやり切れない裕美たちの暗い気持ちを吹き飛ばしてくれそうだった。農家の女性、特に嫁たちにとり、朝起きてから就寝するまで一時も休むことのない連続である。朝日が昇る前に起床し、家事や育児をし、それを終えると共に野良仕事に出る。日が暮れる少し前に家路へと急ぐ。家に到着するや否や、井戸端で手足を濯ぐとすぐに炊事仕事に取りかかる。幼子がいればその世話もしなければならない。家事の合間に洗濯物を取り込む。コマネズミのように働いた身体が床に就くのは他の家族が寝静まってからのことである。盆や正月、村祭りの日であっても野良仕事がないだけで他は同じである。こういう多忙な生活が延々と続くのである。だが、この変化のない単調で、少しも潤いのない生活に突然僥倖が降って湧いてきたのである。

五日と六日、陛下は仙台市内中心街を巡幸するという話は、あっという間に村中を駆け巡った。そして格別事情がある者を除いてできるだけ奉迎に参加しなさい、というお達しがあったのである。嫁や主婦たちにとっては願ってもないことであった。ほんのわずかでも野良仕事から離れることができるし、その上、「仙台」にも行けるのである。空襲で全滅したという話は聞いてはいても、やはり都心である。田畑ばかりで何の変哲もない郡山とは違うだろうと、誰しも思うのである。日常から非日常への飛翔は誰にでもある願望である。

彼女たちの念頭に最初に浮かんだのは「何を着ていくか」ということであった。女性にとってはいつの時代も変わらぬハレの日の「楽しい悩み」である。しかし、農家のおなごたちにはたいした悩みではなかった。元々選ぶに悩むほどの着物の数を持ち合わせていなかったからである。ただ儀礼的というか習慣的に脳裏を走ったに過ぎない。問題は天候であった。幼子を含めた子どもたちを連れていかなければならない。雨天だけはどうしても避けたかった。しかし、農民や漁師は天候に聡い。それは先祖代々受け継がれてきたＤＮＡによるものでもあった。それに加えての彼らの経験である。風の動き、その匂い、そして雲の流れを基準にし、判断した。大きな読み誤りはなかった。こういう時には年寄りの出番であった。彼らは仙台市内巡幸の第一日である五日が雨降りでないことを予測した。

この日、天皇のご一行は仙台駅に到着後、お召し車に乗ると直ちに県庁に向かった。県庁からは仙台駅前、清水小路、荒町を通って南小泉一本杉にある伊達邸へ向かった。この順路は「仙台市内御道筋」として時刻も含め詳細に地元紙に掲載されていた。裕美たちはこの行程に合わせて出かける予定を立てた。

この日の最高気温は三十一度、最低気温は二十二度であった。これまで長雨や低温が続いたこともあって殊の外蒸し暑く感じられた。新聞には「酷暑」とさえ報じられたほどである。日没は午後六時四十三分であった。当時、裕美たちが都心に出るアクセスは汽車か市電であった。そのうちで、馴染みがあってお手軽感のあったのは市電であった。裕美たちはこの市電を利用し、天皇ご一行が伊達邸へ向かう途中の荒町近辺で奉迎しようと考えた。長町駅前が市電の終、始発停留所であった。この停留所まで自宅から徒歩二十分、子ども連れでは三十分ほどの距離であった。裕美は長男で三歳八ヶ月の東彦の手を引き、背中に九ヶ月になる娘の玲子をおぶっていた。当然ながら兄嫁の里久一家や隣近所の人たちも一緒であった。里久の子どもの一番年長は十七歳になる十和子である。里久には力強い存在であった。十和子の下に四人の子どもがいた。十四歳、十二歳と続き、その下に東彦と妹の玲子と同じ年齢の子がいた。裕美の母で里久の姑であるハルも勇んで同行した。これだけの人数で人混みの中に行くとなると、何かと気遣いがいったのは当然であった。

当日の列車や市電の運行は臨時ダイヤだっただろう。特に巡幸の通過時間帯前後は運行の中止が行われたに違いない。おそらく前後二時間ほどは、運行が中止されたと思われる。従って、裕美たちの一行もそれに合わせて計画を立てたのだろう。巡幸の一行は仙台駅を出発し、宮城県庁で市民の奉迎に応えた後、宿泊先の伊達邸には六時六分に到着している。市電を利用して奉迎に向かうとすれば、五橋停留所で下車するのが最適であった。そして巡幸の列が左折する荒町辺りを奉迎の地としたと考えられる。この辺りを巡幸の列が通過するのは五時頃とされる。電車の運行中止を考慮に入れると、三時半頃までには現場に到着しなければいけないことになる。逆算すると自宅を二時半には出発し、長町停留所では三時頃に電車に乗車すると、ぎりぎり間に合う計算である。

巡幸の奉迎の準備は官民一体になって取り組んだ。巡幸の車列が通過する道路はどこも掃き清められた。ひょっとすると奉迎の場所も地域ごとに指定されていた可能性がある。また、新聞記事に「招待された高齢者の一人」とあるように、ところにより招待席も設けられていた。招待された人々の多くはネクタイを締め、背広を着用していた。紋付き羽織着用の人もいたと思われる。また、埼玉県埼玉村（現行田市）で農業をしていた新井ハル子さんは、村役場の人から「天皇陛下が来られるからかすりのモンペ姿で農作業を見せるように」と、依頼されたという。これは一種のヤラセの要請である。少しでも天皇に喜んでもらいたいという官側の必死の思いと解釈できる。そして、それにしっかりと応えようとする民側の意思もあったと見るのが妥当であろう。さらに、「日の丸の旗を振らない」という指示もあったのではないかと思う。これは占領軍側の日本観を示す象徴的なことである。GHQは当初、天皇制の復活や再軍備を極度に恐れていた。従って占領以来、日の丸の掲揚を禁止していた。巡幸においても国民が旗を振って天皇を迎えるのを禁止していた。しかし、実際は、巡幸の先々で日の丸が振られた。行列など、何かにつけて日の丸を振ることは、国民の習い性になっていた。規制をされてもこの行為は自然発生的に起こったとも考えられる。

昭和二十二年十二月の中国地方巡幸でのことである。中国地方から還幸途中、お召し列車が兵庫県を通過した時に予期せぬ事態が起こった。沿線の大勢の人々が、お召し列車に向かって日の丸を振ったのである。この巡幸にはGHQの民政局のポール・J・ケントがお目付役として同行していた。彼は天皇制復活を警戒していた一人だった。ケントは「日の丸厳禁」の禁則が破られるのを目の当たりにして激怒し、巡幸の中止を民政局に具申したのであった。これを受け「占領統治を円滑に進めるべく許可したGHQだったが、国民のあまりの熱狂ぶりに日本が戦前の皇国体制に戻ることを」懸念し、巡幸は一時中断されたのである。この背景には、当時、極東軍事裁判の最中で、天皇の進退問題なども浮上していたこともあった。しかし、冷戦の進展に伴うGHQの占領政策が転換したことや、天皇自らが再開を熱望したこともあり、一年後の昭和二十三年から再開された。

農村共同体における行事の計画、実行などは慣習に従うと同時に、入念な話し合い・根回しの下に行われるのが通例であった。時代が下るとともにこの慣習などは希薄化していった。しかし、昭和二十年代はこれらのことは厳然として存在していた。また、戦中の「隣組」のような村民を結びつける紐帯は極めて強固で、さらに「大日本婦人会」の機能はまだ残っていただろうから、それだけに統制も容易であった。天皇の巡幸は、早くから新聞やラジオで報道されていた。「一九四一年のラジオ契約数は六百万件、普及率四六％で二軒に一軒ラジオがあった計算になる」（東大教授・加藤陽子氏）ことや、また、「日本の新聞購読者数は同時代の他国と比べて非常に多かった」（同上）、ということなどからも官報情報はかなり詳しく、しかも満遍なく国民に伝わっていたと考えられる。おそらく、巡幸を迎える際の注意事項の中に「日の丸携帯禁止」も含まれていたに違いない。当時の新聞記事にも「君が代合唱」や「津波のように起こる万歳」という表現はあっても「日の丸」の文字は見当たらない。ただし、実態は違っていたかもしれない。自然発生的に日の丸を振る光景はあっただろうと推測される。そこには「天皇への儀礼、尊崇」、また敗戦そして占領という敗北感の中で「自己確立、自己存在の確認」を日の丸に求めるという心情もあったのではないかと思われる。それは、抑えがたい民族自立につながっていくものであろう。だからこそＧＨＱは、日の丸国旗を神経質的に恐れたのであろう。

しかし、裕美たちにはそこまでの意識はなかった。「触らぬ神に祟りなし」であり「長いものには巻かれろ」という従順な意識にきれいに染まっていた。「お上のお達し」に抵抗するなどという「畏れ多い」ことなどいささかもなかったのである。「巡幸奉迎」にどう対応するか、という話し合いは隣組同士で行われた。隣組と言っても都市部とは違って構成委員である村民は散在していた。声をかければ応えるという距離ではない。それぞれ標準三反歩・九百坪の敷地の中に居宅などの建物があり、それ以外の土地は畑であった。その敷地を「いぐね」という屋敷林が囲んでいた。裕美の実家と隣家の小林家とはお互いのいぐねと畑に隔たれ、なおかつその間を小川が流れていた。両母屋は直線距離にすれば二百メートルほどであるが実距離はそれより百メートルほど多い距離があった。村民は、家長の小林一之助さんを小林のじいと敬愛を込めて呼んでいた。向かいの家は馬方（馬車引き）の阿部乙吉、通称馬方の乙っつあんであった。その隣が竹屋の安斎宗助、通称竹アンさん、そして西隣が農家の荒川熊二郎、通称荒熊さんであった。この四世帯と裕美と彼女の実家の二世帯を合わせた六世帯が隣組であった。六世帯と言ってもそれぞれの世帯の家族数が多いので結構な人数になった。全体に農民は保守的で警戒心が強く、さらに保身に長けていると言われている。母や祖母の言動を見るにつけ、それは一面で正しいと思われる。半面、土地に対する執着は強く、また好奇心の旺盛な面も見られた。東彦の先祖がいつのころからこの土地に住みついたかは定かではない。しかし、寺に残された過去帳をたどると寛政時代までさかのぼることができる。かなり古くからこの地に居着いていたことが推測される。元々郡山は歴史が古く、七世紀半ばの大化の改新のころ官衙（役所、官庁）や寺が創建された。多賀城の前身基地と考えられ、古代国家成立期における東北地方の政治、軍事の拠点と考えられている。東彦の先祖がこの中央政権に従事していた人とつながっていたかどうかは不明だが、昭和の終わりまで営々と農民としてこの地に根を生やしてきたわけであるから、その精神は全くの農民仕様と言ってよいであろう。端的に言えば支配層からの締め付け、強要から何とか永らえるという一点であろう。「忍従」こそが彼らの精神の中核であったに違いない。

京都の人たちは昔から天皇を隣人か親戚のように親しみを込めて「天皇さん」と呼んでいた。ところが東北の農民・庶民たちにとって天皇という言葉や存在は明治維新以降になってから耳にし、知ったのである。それ以前は、藩主が彼らの絶対君主であり、また、身近には庄屋や地主が彼らの直接的な支配者であった。天皇は無縁の存在であり、京都人、関西人とは距離感、密度が全く違っていたのであった。明治政府にとって、このような状況は由々しきものであったに違いない。しかも当時の世界状況は厳しく、アメリカを始めロシアなどが日本を支配下に収めようと虎視眈々と狙っていた。また、国内的には新政府の基礎が固まらず、自由民権運動が展開するなどの不安要素があった。そのため揺るぎない統一国家建設は、愁眉の課題であった。また、国民の国家意識と忠誠心の形成が喫緊の任務であったろう。まさにその要が天皇の存在であったと思われる。だからこそ政府は、明治の初めから十年代にかけて民衆に天皇の存在を知らしめ、その権威を見せつけるため全国巡幸を実施したのである。全てで九十七件（うち、即日還幸三十七件）である。この行幸を通し、政府は「国家支配のシンボルとしての天皇像を民衆に浸透させ、民衆の生き神信仰と天皇とを結びつけて神権的粉飾を進めた。また、それは天皇を迎える地方官の権威を高めると同時に、天皇が休憩・宿泊で立ち寄る地方行政機関や地方名望家の地方支配を強固なものとし、さらに陸軍の大演習と関連づけることによって天皇と軍部とを直結させる役割などを果たした。その意味で、明治天皇の地方巡幸は、近代天皇制の確立・完成過程における国家的プロパガンダであった」（日本大百科全書、田中　彰）。

さらに天皇崇拝を強め、徹底化したのは教育勅語の発布（明治二十三年）であった。「勅語」とは「明治憲法下で、天皇が大権に基づいて直接国民に発した意思表示の言葉」（明鏡国語辞典）である。この「天皇の直接のお言葉」を、子どもたちは一語漏らさず徹底的に暗記させられ、その内容を血肉化させられた。これらを通し、日本の教育を徹底的に規制していった。

勅語には十二の徳目があり、それらの多くは現実的、実践的な内容を含むものである。しかし、「勅語は大日本帝国憲法の下、天皇を君主、国民を臣民とする国家観を補強する目的でつくられた規範」（「日本経済新聞」二〇一七年四月九日）であり、後の「戦時動員体制」との関連を考えるならば「天皇崇拝、戦争礼賛」への道につながっていった、という意見には納得させられるものがある。この勅語の核心は「一旦緩急アレバ義勇ニ奉ジ以テ天壌無窮ノ皇運ヲ扶翼スベシ」のくだりである。小説家の高橋源一郎は口語訳で「いったん何かが起こったら、いや、はっきりいうと、戦争が起こったりしたら、勇気を持ち、公のために奉仕してください。というか、永遠に続くぼくたち天皇家を護るために戦争に行ってください。それが正義であり、『人としての正しい道』なんです」と述べている。意訳とも言えるだろうが、大筋において間違いないであろう。小学生の柔らかい脳にこれらを幾たびも注入されたならば、ついにはその色にきれいに染まってしまうであろう。

裕美は大正十（一九二一）年の生まれである。ちょうど大正デモクラシーが終わる時期であった。大正デモクラシーの理論的指導者は吉野作造である。吉野は宮城県北部の志田郡大柿村の生まれである。吉野の活躍があったにもかかわらず、宮城における普通選挙を中心にした自由主義、民主主義運動は高揚しなかった。むしろ隣県の福島の方が活発であった。「動は反動を呼ぶ」のたとえ通り、デモクラシー高揚とは反比例し軍部の圧力が強まり日中戦争、太平洋戦争へと坂道を転がるようにして突き進んでいった。当然ながら、国内では国民の思想、教育統制が強化されていった。裕美はこの時期、多感な年齢を過ごしている。とはいっても「お上の命令」を疑わず、素直に受け入れるということであった。それだけに彼女の脳細胞は国のプロパガンダに染められ易かったと言えよう。生活の端々に天皇への崇敬の念を示すものが現れた。それは彼女が結婚し、子どもが生まれてからも変わることなく、むしろ強化されていったに違いない。子どもは母親の影響を強く受けて成長をしていく。東彦が誕生から幼児期に至る過程で、一番強く影響を受けた存在は間違いなく母親であった。母親の天皇崇敬の念がどのように息子に伝わったかは明確ではない。しかし、彼女は、自身が染められたように無意識のうちに息子の脳を染めたに違いない。幼い息子は、この母親の天皇観をどのように吸収したか、はたまた彼の頭脳内でどのように変換したかは定かではない。しかし、この世の偉大な存在、人間離れをした摩訶不思議な存在者として彼の脳裏に刻み込まれたのは確かであろう。それが天皇の姿を見た途端、「天皇陛下に手がある」という驚きの叫びとして発現したに違いない。おとなにすれば誠に荒唐無稽な声に聞こえただろう。しかし、三歳過ぎの幼児にはそれが偽らざる正直な、そして真実の叫びであったのである。

裕美たちの一行が始発の長町停留所から電車に乗り込んだ時、国鉄の長町駅の時計が三時五分であった。既に停留所には長い列があったが、裕美たちは幸いにも座ることができた。電車が発車する時には車内は七割ぐらいの乗客であった。電車の窓は運転台の一枚を除いて全て板張りであった。車内は薄暗く、それだけに余計に暑さが感じられた。車掌の中には履くものがなく、裸足の者もいたという。

仙台の町は昭和二十年七月十日未明にＢ29の爆撃により中心部は廃墟と化した。しかし、市電車事業所や倉庫は焼失を免れた。五十一両の市電も奇跡的に助かった。復旧作業も素早かった。驚くことに空襲の翌日には荒町と長町間で運転が再開されていた。架線の損傷がひどかった荒町と仙台駅前間も八月三日には運転を再開している。同月二十八日には全線の復旧が終了している。

乗客が増えるにつれ蒸し暑い空気が車内を充満させていた。その暑さもあってのことか何かしら得体のしれない興奮が車内を支配していた。あちこちからくぐもった話し声が聞こえてきた。裕美の斜め向かいの若い母親が、胸をはだけ豊満な白い乳房を手で取り出すと、子の口に持っていった。一歳ぐらいと思われる男の子は勢いよく乳首に吸い付くと音を立てて乳を飲み出した。

「元気な子だごと」

「本当だ、あのわらすはきっと丈夫に育つな」

裕美の言葉に里久が笑顔で応えた。そして膝の上の玲子の顔を覗き込んだ。家を出る前に授乳をしたためか、玲子は穏やかな顔で眠っていた。

「玲子はおとなしくて手がかからず、助かるね」

「お陰様で、ありがたいこってす」

「んだげど電車、随分混んできたっすね」

「姉（あね）ちゃんの言うとおりでがす。この調子だど、五橋までは超満員なるね。やっぱり天皇陛下さまがござらっしゃるとなると、みんなの気持ちは格別だからなあ。取る物も取り敢えず駆けつけるっていうのが人情だすっぺ」

義姉の里久の言葉に裕美は大きく頷いた。

「父ちゃん、天皇陛下って本当に歩けるんだべか」

「そりゃ歩けるべっしゃ。だけどおらだづみだいにいつも歩くわけではねえべ。大体はお召し列車か、お召し車を使うんだべな。あど、白馬に跨がって行幸や閲兵もするべ」

斜め向かいの親子が額の汗も気にせず話している。

「父ちゃん、その白馬って何っしゃ」

「それは陛下が可愛がっていらっしゃる馬のことだ。真白な毛並みなんで白い馬、白馬っていうんだよ。名前は何て言ったっけ」

その父親は連れの男に話しかけた。

「確か白雪って言ったんじゃねえかな」

「ところでボウズ、なんでおめえは、天皇陛下が歩けるか、って聞くんだ」

連れの男が男の子に問いかける。

「昨日、学校の先生に言われたんだよ。ようく天皇陛下のこと拝んでこい、本当におれだづと同づかって」

「先生の言うことは間違っていねえな。おれだって現人神と言われる天皇陛下が、本当におれだづと同ずか、確かめてえ気持ちでいっぱいだもんな」

「おじさん、おれだづ現人神ってよく聞くんだけど、天皇陛下は本当に神様なの」

「春男、ちょっと前までだったらそんなこと言ったら、特高か憲兵に引っ張られだど。でも戦争に負けて民主主義になって自由になったお陰で、おめえもおめえのとっつあんも助かっているわけよ。話すっこに戻るけど、神様っていうのは目に見えねえけどいるのよ。そすて、人間が良い事（ごと）すているか悪い事すているか、よっく見ているんだ。良い事すている人には必ずお恵みをくださる。悪い事をすている人には罰を与えるんだ。天皇陛下は、姿は人間だけど本当は神様だったというわけ。陛下は神様と同じように人間の善悪をちゃんと見通している。神様と違うのは、悪い者に対し罰を与えず、良い事ができるように絶えず導いてくださっているということよ。そすて、われわれ国民がちゃんとおまんまを食え、安心して暮らせるようにいづも目配りなさっているわけだっちゃ。だからとても尊いお方なんだよ」

「ふうん、なるほどね。そうすると、天皇陛下は見た目は人間だけど、中身は神様だというわけだね、おじさん」

「そうだよ。なかなか賢いわらすっ子だ、おめえは」

「だけど、先生が言っていたんだけど、戦争に負けてから天皇陛下は神様でなく人間に還ったと言っているんだけど、何でっしゃ」

「おめえもゆるぐねえな（甘くないね）。いいが、和尚さんのことは知っているな。和尚さんは厳しい修行を積むと最後は仏様になる。そすてな、仏様は神様と似たようなものだ。その仏様が、何かの拍子にまた和尚さんや人間に還ることがある。難しい言葉で還俗というんだ。天皇陛下もちょうどこれと同じことなわけ。神様からもう一度人間に還ったということだ。今回の行幸のわけは、人間に還った挨拶を国民にするためでねえがど、おれは思っているんだよ」

「それにな、この度の戦で負けてしまったべ、その責任を取って人間に戻ったということもあるんだ」

「ううんなるほど、おじちゃん頭がいいねえ。よくわかったよ」

東彦はその話にじっと耳を傾けていた。その目はキラキラと輝いていた。何か得心が行ったのかもしれない。

八月の強い西日が電車を覆っている。その光の波をかき分けるように電車は車輪の音を響かせながら進んでいった。窓に打ち付けられたあちこちの板張りの隙間から光線が鋭い放射となって車内を射ていた。その細い光線の中に細かい粒子が緩やかに浮いていた。蒸し暑さに耐えかねてか子どもたちの泣き声やおとなたちのいらいらした声があちこちから起こり始めた。

窓から入ってくる風が急に涼しくなってきた。しかも、運転台からの風景が急に広々としてきたのである。車輪の音も大きくなり、何かに反響しているようだった。電車は広瀬橋を通過しようとしていたのである。広瀬橋は広瀬川にかかる我が国最初のコンクリート製の橋である。運転台の開いた窓、そして板窓のわずかな隙間から川風が車内を流れてきたのだ。「ふーっ」という安堵の溜息が車内で起こった。「ああ、涼しい」とか「生き返った」などというほっとした声が車内に響いた。板打ちの隙間から見える川の流れは川幅いっぱいに滔々と流れていた。

長雨にもかかわらず川の水は澄んでいた。広瀬川を遡上する鮭は古来より有名で、広瀬川、名取川の下流域を領地としていた伊達家の家臣粟野氏は、毎年のように初鮭を伊達氏に献上していたという。空襲で廃墟となったこの年の秋にも間違いなく鮭は遡上し、焼け出された多くの市民の胃を満たしてくれるに違いない。広瀬橋を渡った電車は河原町で停車した。乗客が乗り込んできたが、ほとんどすし詰め状態であった。乗車口に片足を突っ込んでいた男性が大声で「もちょっと奥に行ってくれ」と叫んだが、隙間はできなかった。運転手は大声で「すぐ次が来るがら降りてけさい、お願いします。それと乗車される方は後ろ、車掌台のある方からです。降りる方は前方の運転台からです」と叫んだ。後方の車掌も同様なことを叫んでいた。この当時は「車掌台を乗車口、運転台を降車口とし、運転台では現金を受け取らない方式を実施していた。男性は「チェッ」不満を漏らしながらも不承不承降りた。

「おがちゃん（おかあさん）五橋停留所で降りるって言ったけど、考えて見たらその手前の荒町で降りた方がよぐねえべすた」

「なすてや」

裕美の問いかけに母のハルは顔を向けながら言った。前髪がほつれ、額の辺りにうっすらと汗がにじんでいた。

「少しでも早く電車降りた方が子どもたちのためにいいんでねえがと思って」

「それ良い考えだっちゃ。私も賛成だす」

里久の声は弾んでいた。この人いきれから少しでも早く逃れたいと思っていたに違いない。

「うんじゃ、そうすっか」

このような満員電車などという人々の密集している環境は、野良で過ごすことの多い農民たちには最も苦手とするものであった。内心ハルも辟易し、一刻も早くこの場から脱したいと思っていたに違いない。ハルは渡りに船とばかりにあっさりとその提案を受け入れた。そして、一行の者たちにも伝えた。

運転台の近くから大声がした。

「おれんところは二人も息子を取られ、亡くすてすまった。天皇陛下の命令でだ。そすて息子だづは天皇陛下万歳と言ってすんづまった（死んだ）。陛下に謝ってほしいなんていう大それたことは言わねえ。だげど、気の毒すたな、というぐらいのことはほしいな」

その声が終わると、涙声が聞こえてきた。男は静かに涙を流したのだった。

車内に静寂さが伝わっていった。

「みんな多かれ少なかれ悲しみをしょっている（背負っている）。それを陛下に聞いてほしいだけなんだ。陛下を責める者はいやしねえさ。陛下だって悔しさや、苦しみを怺えて行幸されているに違いない。われわれ国民は、そこのところを汲み取ってあげないと申し訳ない」

「小林じいのいうとおりだ。人を責めても残るのは空しさだけだ。おれだづは何かしらの支えなしには生きていけない。陛下がわだすだづ（私たち）を励ますにいらっしゃるその気持ちをありがたくいただかなくちゃなんねえぞ」

ハルは誰となく話すのだった。

老朽化した市電は頼りげなく、満員の車両をきしませながら進んでいった。新車である新潟鉄工所製作のボギー車五両が購入されるのは翌年の十二月であった。河原町停留所から荒町停留所まではあと四つの停留所であった。十五、六分の距離であった。裕美たちが荒町停留所で降車したのは正解であった。この停留所で乗客の三分の一ほどが降車した。降りた乗客は、バラバラと勝手に広がって歩いていた。走行している自動車はポツリポツリとしか見られない。

「ああ、生き返った」

「空気がうめえな」

降りた乗客の中からほっとした、そして明るい声が上がった。

「ほらみんな集まれ、勝手にいぐんでねえぞ」

ハルの大声で一行は足を止め、ハルの周りに集まってきた。

「見たとおり大変な人だかりだ。まず、わらすっ子だづをすっかり見張っていねえどだめだぞ。人さらいがいるっていうから。気を付ける上にも気を付けないとだめだ」

ハルの言葉に母親たちは大きく頷いた。

停留所の向かい側に荒町が東へと広がっている。七夕飾りが角から垣間見えていた。

「あっ、七夕さんだ」

目ざとい東彦が大声で叫んだ。まるでその声が届いたかのように吹き流しが揺れた。少し翳ったとは言え、まだ十分に強い西日が一行に降り注いでいた。午後の四時頃であった。行幸が通過する予定時刻まで一時間半以上あった。もちろん一行には時計を持っている者など皆無であった。しかし、彼ら農民は、十分程度の誤差で時刻を言い当てる能力を持っていた。見渡すと一行と同じように複数、あるいは団体で天皇を奉迎しようという人々で町はいっぱいであった。

「すかす、戦争が終わって間もないというのによぐぞ七夕飾りを作ったもんだなあ。仙台七夕は田の神を迎えて豊作を祈ることだそうだが、今年は現人神の天皇陛下さまをお迎えするんだ。きっと豊作間違いねえな。ところで天皇陛下の行列までにはちょっと時間がある。タバコにすっぺが」

ハルの声に一同は「んだ、んだ、そうすっぺ」とか、「わらす子だづも腹すかすてっぺ、ちょうどいいあんばいだ」などの声が返ってきた。うまい具合に家並みの一画が空き地になっていた。そこに、持参してきた使い古しの黄色く変色した畳表を四枚ほど敷いた。広げた畳表の真ん中に、茹でたトウモロコシやサツマイモを並べた。男衆たちは腰の帯に差し込んだキセルを取り出し、刻みタバコを詰め込み、マッチを擦って火を点けた。目を細めて吸い込むと空に向かってフーッと息を吐いた。紫煙が空中に漂い、直に青い空に溶け込んでいった。

「あーっ、うめぇな」

「電車の中では我慢すてたから、尚更うめんだべぇ」

「この一服が長生きの薬になってんだべ。ところで天皇陛下もタバコ吸うだべか」

「そりゃ吸うべすた。こんなうめえもの吸わねえのは嘘だべ」

「うんだげど、陛下が吸ったどご見たごどねえな、おらほうだづ（私たちは）」

「そんなのあたりめえだすぺ、おれだづ陛下とは挨拶交わすどごろが今まで会ったこともなかんべぇ」

「そりゃそうだ」

　そこでみんながどっと笑った。子どもたちもつられて笑っている。ちょうどその時、風がこの小さな空き地を吹き抜けていった。裕美がめくり上がろうとした畳表の端を押さえた。風が過ぎるとひょいと西の方に目をやった。空襲から免れた町並みの向こうには、焼夷弾を受け、焼けただれて黒くなったり崩れ落ちたビルが見えた。そして、その先に青く染まった丘陵のような青葉山が意外と近く迫って見えた。裕美は改めてＢ29爆撃の恐ろしさと戦争の空しさを知った。

「どこ辺りで陛下を迎えたらよがすかね」

「小林じいはどこら辺がいいと思いますかね」

「いや、おれはこの辺は全くわがんねえからハルさんの方で決めてけさいん（ください）」

「裕美、おめえは裁縫学校さ通ってだから、この辺のことは明るいべ。どこで陛下を迎えたらよかんべ」

「かあちゃん、荒町で迎えたらいいんでねえですか。ちょうど七夕飾りも見られるし、子どもだづも喜ぶと思います」

裕美は「この辺のことは明るい」と言われ、何となく晴れがましい気分になった。そのせいか、口調もちょっとばかり丁寧になっていた。

「小林じい、裕美の言うことでなじょですか」

「ほれでいいが、ハルちゃん」

小林じいのこの言葉で奉迎の場所は決まった。裕美はその言葉で誇らしい気分になった。しかし、そのことはおくびにも出さなかった。そんなことをしたら後で義姉たちに何を言われるか分からないからだ。

「ほら、子どもだづ、今度は七夕見さいぐぞ、みんなで力を合わせて片付け始めろ」

ハルの声で子どもたちはめいめい片付けを始めた。東彦たちは「七夕だ、七夕だあ」と、喜びの声を上げながらぐるぐると回っていた。

この年、昭和二十二年十二月七日、天皇は広島巡幸は果たしている。この広島は、一年四ヶ月前に人類史上最初の原爆投下をされた都市である。投下から四十三秒後、地上六〇〇メートル上空で目もくらむ閃光を放って炸裂し、小型の太陽とも言える灼熱の火球を作って地上を襲った。火球の中心温度は摂氏一〇〇万度を超え、爆心地周辺の表面温度は三、〇〇〇～四、〇〇〇度に達した。市民や軍人三十五万人のうち十四万人がその年の十二月までに死亡した。実に四十パーセントに当たる。そして町は瓦礫の焦土と化した。この後、「七十年は広島に草木一本も生えない」と言われた。そういう風説が流れ、広島市内へ足を踏み入れることをはばかる状況が当時はあった。そういう中での行幸であった。

天皇の広島巡幸については地元の熱い要望もあってのことという。しかしながら、表面に出ないまでも、今まで肉親を亡くし自らも傷つき、愛する故郷を全くの焦土と瓦礫に変じた事態に、無念や怒りが渦を巻いていたと思われる。その怒りの矛先が天皇に向いてもおかしくなかったであろう。このような懸念は天皇自身、そして側近も持たれた。元侍従長であった入江相政は「広島市に入られるまでは（陛下は）何か物思いに沈んでおられるようにお見受けした」と語っている。

ところがこれらは、全くの杞憂であった。爆心地に近い護国神社跡の広島奉迎場では「五万人の国歌大合唱が、感激と興奮のルツボとなってとどろき渡る。陛下も感激を顔に表され、ともに君が代をくちずさまれた。涙……涙……感極まって興奮の涙が会場を包んだ」と中国新聞は報じている。しかし、より以上の感動と興奮はこの後に来る。天皇は、浜井市長の奉迎に答えられ、広島市民に対し言葉を述べた。

「この度は皆の熱心な歓迎を受けて嬉しく思う。本日は親しく広島の復興の跡をみて満足に思う。広島の受けた災禍に対しては同情にたえない。われわれは子の犠牲を無駄にすることなく、平和な日本を建設して世界平和に貢献しなければならない。」

この言葉は巡幸中最も長かった。

戦前にも巡幸は行われていた。しかし、それは天皇が臣民の様子を視察する性質のものであった。多くの国民は、天皇の姿を見るどころか肉声も聞くこともまれであった。まさに「雲の上の存在」であったのである。その雲の上、現人神であった天皇がまだ香りを発する白木のお立ち台からマイクに向かい、直接市民にお話をされたのである。

この時の巡幸を含め、以後の広島訪問は六回に及ぶ。広島に対する格別な思い入れがあったのではないかと推測される。そうはいっても、天皇のこの市民向けの言葉を現在の目で読むと、やはり、何か他人事のようで人情味も乏しいように思える。しかし、これを聞いた広島市民は幾度も津波のように沸き起こる感動の声、万歳の声で応えたのである。天皇も右へ左へ中央へ、そして近く遠くへと右手に持ったソフト帽を幾たびも振ったのであった。

また、この天皇の言葉は、昭和五十年十月の公式記者会見での質問に答えた「原爆投下はやむを得なかった」という相手を突き放したような表現、そして国民と交えない距離間が酷似しているような気がしてならない。国民の方が天皇への感情の入れ込みが激しく、むしろ天皇の方は醒めているようにも思えるのである。

この公式記者会見で質問をしたのは中国放送の秋信利彦記者であった。氏は、中国新聞記者、論説主幹であった大牟田稔氏と共に、原爆小頭症患者の実情を日本社会に初めて知らせ、この患者や家族の結束を促し、国に補償を求め、核兵器廃絶を目指す「きのこ会」を発足させ、これを支えた。その質問内容は次のようなものである。

「天皇陛下におうかがいいたします。陛下は昭和二十二年十二月七日、原子爆弾で焼け野原になった広島市に行幸され『広島市の受けた災禍に対しては同情にたえない。われわれはこの犠牲をムダにすることなく、平和日本を建設して世界平和に貢献しなければならない』と述べられ、以後昭和二十六年、四十六年とつごう三度広島にお見舞いの言葉をかけられるわけですが、戦争終結に当たって、原爆投下の事実を陛下はどうお受け止めになりましたのでしょうか、おうかがいいたします」

この質問は国民の多くが求めていたものである。秋信記者の質問は無駄のない極めて論理的かつ真摯なもので、その上、天皇への敬意を失うことのない記者魂に満ちたものと読める。

後日、記者は「広島の記者として、もう少し別な言葉で質問するつもりだったが、あのような表現になった。日本の記者が、被爆に触れないわけにはいかない。原爆をタブーにしてはならないという思いであった」と述べている。質問は予告されたものではなかったという。しかし、氏は当初から「原爆投下」について質問しようという腹づもりだったようだ。肝の据わった、まさに記者魂の発露と言える質問でもあったと言えよう。これ以降、皇族の記者会見の場で、原爆にかかわる質問は、秋信記者以外はでていない。

会見後、広島県原水禁は、この「やむを得ない」という発言への抗議・遺憾の意を表示した。

天皇の回答は次のとおりであった。

「原子爆弾が投下されたことに対し、遺憾には思いますが、こういう戦争中であることですから、どうも、広島市民に対しては気の毒であるが、やむを得ないことと私はおもってます」

この発言に対し、広島県原水禁は、発言への抗議・遺憾の意を表示した。

宮内庁は事の重要性を鑑みてか、この「抗議・遺憾」に対し、

「ご自身としては原爆投下を止めることができなかったことこそ遺憾に思われて『やむを得なかった』のお言葉になったと思う」

という異例の声明も出している。

また皇太子（現明仁上皇）も記者会見で「とっさの場合、こちらの気持ちを十分に表せないこともある」と述べている。

しかし、とっさの場合、十分に意を尽くした回答は出来なくとも、常日頃考えていることが本音として出る、ということは、我々がよく経験することである。皇太子の発言は説得力に欠けると言えよう。

また、この記者会見は、天皇が昭和五十年九月三十日から十月十四日までの初の訪米直後に行われている。天皇はアメリカ各地で大歓迎を受けた。そして、フォード大統領主催の晩餐会では「わたくしが深く悲しみとするあの不幸な戦争の直後、貴国が我が国の再建のために温か

い好意と援助の手を差し伸べられたことに対し、貴国民に直接感謝を」述べることが念願であったと。この謝礼に対し、会場は大きな拍手に包まれたという。

「やむを得ない」記者会見の背景にはこのような事情があり、せっかくの訪米の成果を無にするようなことは避けたい気持ち、また、あからさまに原爆投下を批判をすることは今後の日米関係に利をもたらさないと判断されたのではないか。

しかし、「やむを得ない」という言葉は広島、長崎の被爆者ばかりでなく、多くの国民の気持ちを傷つけてしまう結果になったのではないか。


仙台巡幸第二日目の八月六日は二年前の広島原爆投下の日であった。おそらくこのことを意識して天皇を迎えた仙台市民は少なかったと思われる。広島の惨状についてはまだ十分に国民に知らせられていなかったからである。それどころか市民の多くはB29の爆撃によって廃墟と化したわが町の復興に忙しかった。この瓦礫の町の中を通り抜けて走る天皇のお召し車は風景としては強烈な印象を市民に与えたと考えられる。荒町は瓦礫の町と化す災害を免れた境界に位置していた。元奥州街道の本道であった趣を十分に残し、落ち着きのある、そして、老舗と寺院の並ぶ伝統的な町であった。そこに林立する五彩の吹き流しや鶴飾りが揺れ動くさまはいかにも「杜の都」に似つかわしかった。

裕美たちが荒町商店街に入った途端、道の両側は既に行列となって視界の外まで続いていた。

しかし、何とかその列の隙間を見つけてもぐりこむことができた。

「天皇陛下はどんな服をお召しになってこられるのかな」

「それはやはり袴だべや」

「袴っていうごどはねえべや。それは侍の服装だべ。陛下はもともとお公家さんだからお公家さんの服装だべ」

「ところで皇后さまもいらっしゃるのがや」

「それはちょっと聞いていねえな」

「やはり皇后さまもござらっしゃるべ。なんと言っても夫婦ご一緒というのが自然な姿だからな」

天皇を迎える市民たちの好奇心は止むことがなかった。ただ誰もが天皇が来る方向である西の方向に身体を向けていた。

「あとどのぐらいで天皇陛下は来るのっしゃ」

もうすぐ四歳になろうとする東彦には待つ時間は長い。この言葉を何回言ったことであろうか。それでも我慢できたのは普段見たことのない人並みであり、七夕飾りであった。おとなたちにとっても同様であった。戦争末期、敗戦後の二年間というのはいわば墨絵のような風景であった。ところがここ荒町に来てその風景が一変した。人々の服装も晴れやかであり、色彩にあふれた七夕飾りが風に揺れ、ざわめきも明るい笑い声で満ちていた。

その時であった。何やら地響きに似た人の盛り上がるようなウオーという声が次第に届いてきた。

「来たぞう、陛下がいらっしゃったぞう」

誰かが叫んだ。それにつられて人々が一斉に西の方に身体を向けた。中には伸び上がる者もいた。

「陛下だ、陛下だ。陛下がいらっしゃったぞう」

「いらっしゃった、いらっしゃった」

その言葉が伝染でもしたように次々と発せられてくる。人々はそれにつられるようにして道の真ん中に向かっていく。それを警官や整理員らが必死に静止している。「天皇陛下に恥ずかしいぞ」と、そのうちの誰かが大きな声で叫んだ。その声はまるで矢のように鋭く、そして澄明に群集の中を過ぎ去った。するど、その群集の中から「陛下がご覧になるぞ」という声が飛んだ。その途端、「下がろう、下がろう」という声が自然発生的に起こり、飛び出した群衆が元の位置まで下がっていくのであった。まるで見えない手で操られているようであった。

お召しの黒い車が角を曲がってゆっくりと近づいて来た。

「みんな陛下がござらっしゃったぞ。よぐ拝むんだぞ」

ハルが周りの近親者や隣人たちに声をかけた。

「東彦、かあちゃんの前さ来い。よっく天皇陛下を拝むんだぞ」

そう言いながら裕美は東彦の身体を前に押し出した。お召しの車が次々と角を曲がって近づいて来る。それにつれ「万歳、万歳」という声も大きく聞こえてきた。それは声というより巨大なラッパ管から天に向かって吹かれる祈りのようでもあった。いつしか幼い東彦もその興奮の渦の中に巻き込まれて「バンザイ」と叫んでいた。万歳の声のうねりに吹かれたように七夕飾りの吹き流しが揺れた。車列の先頭車がとうとう裕美たちの前に来た。人々の興奮は頂点に達した。裕美もその車列に向けて両手を高く上げながら叫んでいる。背中の玲子が何事かが起こったように泣き声を上げている。その声は裕美には届かないようだった。中には両手を合わせ、涙を流している老婆もいた。

車列の何両目であったか定かではない。その車の中で手を振る人物を見た。裕美の周りから「陛下だ、陛下だ。天皇陛下だ」という声が一段と明瞭に聞こえた。その瞬間、東彦が叫んだ。四歳に近い子の言葉としては極めて明瞭であった。それを耳にした裕美は、一瞬にして我に返り、慌てて東彦の口を掌で塞いだ。

左列の最後尾の車が視界から消えた。しかし、人々の興奮が醒めることはなかった。

「何だかあっという間だったね」

「んだ、でも、初めて天皇陛下を見ておら、こんな幸せなごどねえべすた。いづお迎えが来てもよがす」

「んだ、んだ。やっぱり天皇陛下はおらだづ平民とは違うな。風格があるし、身体から光を発しているみたいだったよ」

裕美たちの連れの年寄り連中が興奮を交えて話し合っている。

「陛下がわだすの顔を見たよ。わだすは身体が震えて止まらなくなってすまったよ」

小林じいの嫁が震えた声で話している。確かに身体がまだ小刻みに震えていた。

「わだすも同じです。震えましたよ。陛下がわだすの方を見てにこっと笑ったんですから。こんな畏れ多いこともあるんですね。今晩眠れねえがもすれねえ」

馬方の乙っつあんの嫁であった。

「乙っつあんのおっかあのいうごとはよぐわがるす。おらあも同じだすぺや」

荒熊の嫁が大きく頷いている。

「とにかく、おらだづみんなを幸せな気分にすてくれたのはさすが天皇陛下だすぺや。ありがたいことだ、ありがたいことだ。村に帰ったら他のみんなにも報告すねくちゃ」

小林じいの言葉にみんなは大きく頷いた。

その時であった。裕美たちのグループの隣から大声が聞こえてきた。

「ここまで来てなんでおめえはそんな不敬なごとをいうんだ。恥を知れ」

「わだすは何も恥ずかしいこととは思いません。大事な大黒柱の夫を持っていがれた妻の苦しい、辛い思いです。わだすのいうごどは、みんなの気持ちだども思います」

「馬鹿こけ、そんなのはおめえだけの考えだ。他の人だつは名誉なことだと思っている」

「んだどもわだすの気持ちはどうすても収まらないです」

「何があったんだや。随分と険悪な雰囲気だなや」

「小林のじい、どうやらあのおっかあが陛下に文句を言ったらしいよ」

「何て言ったんだ」

「いやよぐわがんねえだすとも、『陛下のお言葉がほしい』みたいなこと言ったらしいよ」

「竹アン、たいした問題じゃねえと思うけど」

「それが、『天皇陛下がお車から降りて一言お言葉をいただければありがたい』と言ったらしいんですよ。どうも『お車から降りて』というのがひっかかったらしいです」

「なるほどな。人間は欲が強いからな。お顔を拝んだだけでは満足できず、お言葉までほしくなったか」

小林じいは顔を少しゆがめて「遅くなると足下が暗くなる。そろそろ帰るか」と一行を促した。

帰路につく人々が荒町商店街の道にあふれていた。先ほどの秩序のとれたさまとはまるで違っていた。しかし、人々の会話は和やかで幸せに満ちているように見えた。弱くなった日の光が西の空からゆっくりと届き、町の上空をほんのりと赤く染めている。遠くでカラスの群れの声が聞こえた。頭上を覆っていた七夕の飾りも力なく静かに垂れていた。まるで今日一日の厳しい労働に精気を抜かれてしまったような風情であった。しかし、吹流しは西日を受けて五彩に輝いていた。

「かあちゃん」

ぼんやりとしていた裕美は、東彦の呼びかけに気付かなかった。

「かあちゃん」

東彦が声を強めた。

「あっ、なんじょすた、東彦」

「かあちゃん、あのな、天皇陛下っておれだづと同じ人に見えたね」

「んだな、やっぱり同じ人だったんな。安心すたか」

「うん、安心すた」

「よがったな」

そう言うと裕美はつないでいた手に力を込めた。東彦も母に応えてぎゅっと握り返した。

「よがったな。かあちゃんも安心したよ。東彦だづの時代には戦争はねえがらな。もう兵隊にとられることはねえべ」

母のその言葉に東彦は母の顔を見上げ、にこりとした。裕美も笑顔で応えた。東彦の嬉しそうな笑顔が顔いっぱいに広がった。いつの間にか西の空が茜色に染まっていた。

※参考資料、文献
・河北新報（一九四七年八月六日、七日付け朝刊）
・「仙台空襲」編集　仙台「市民の手でつくる戦災の記録」の会
・「忘れかけの街・仙台　昭和40年頃、そして今」河北新報出版センター
・「せんだい歴史の窓」菅野正道著　河北新報出版センター

椿の木の下で

「おとうさん、何を見ているの」

背後の突然の声に賀津彦は「おっ」と言いながら、身体を後ろにねじった。

「直人か、びっくりしたよ。どうしたんだい」

賀津彦は実家の周辺の変わりようをぼんやりと眺めていたのだった。息子の声にはっとなって我に返ったのだった。そして、組んでいた腕をほどいた。

「うん、三時のお茶の用意ができたからおとうさんを呼んでおいでと、おばあちゃんに言われたんだ」

直人は怪訝そうな顔を崩さず、視線を真っ直ぐ父親に向けている。

「そうか、そう言われると小腹が減ったな。仙台に来ると空気も、水も、お米も、野菜もみんなおいしいせいか、食欲が旺盛になって来るんだな。直人もおなかが空いたろう。お八つはなんだろうね。さっ、行こう」

賀津彦は頭の中のもやもやを払うように頭を横に数回振った。

「おとうさん、今、腕組みをしてなんか難しそうな顔をしてたみたいだけど」

直人は幼い頃から勘の鋭いところがあった。しかも、探求心が強く「どうしてかな」などと疑問に思ったことは納得するまで説明を求める癖があった。今も心に湧いた疑問をストレートに問うたに違いない。

「難しそうな顔をしているように見えたか。直人もなかなか観察力が鋭くなったね。実は、子どもの頃のことを思い出しながら周りを見ていたんだよ。仙台の実家に帰って来る度に周りの景色が変わっているだろう。おとうさんが直人の年齢の頃はこの家の東側は全部畑で、後ろは田んぼだったんだよ。畑も田んぼもおじいちゃんが仕事の合間に耕していたんだ。それが、畑はすっかりアパートや住宅が立ち並んでしまい、田んぼは駐車場に変わってしまったよ。それに畑の真ん中に大きな椿の木があったんだ。おとうさんたち子どもの遊びでもあった大事な木だった。三月頃には赤い花がたくさん咲いてね、それはきれいだったよ。この辺りは昔、台畑という地名だった。台畑の椿と言えば知らない人がいないくらいだった。シンボルだったんだよ。それもなくなった。なんだか寂しい気持ちになってね」

「そうか、昔の事を懐かしんでいたんだね」

「懐かしむと言えばそうかもしれないね。でも、懐かしむという表現じゃちょっと足りないかなあ。少しばかり哀しい気持ちも混じっていたね」

「そうか、人間の感情は微妙だからね。それで難しい顔をしているように見えたんだ」

　賀津彦は直人の言葉にぎくりとなった。十歳の子が「人間の感情は微妙だ」などとさらりと言えるものだろうかと思った。親としては子どもが優れた言語感覚を駆使できるのはうれしいことである。しかし、心身がバランスよく成長するのでなく、一部分だけ長けているのはマイナスと取られるのではないか。そして、そのことが「生意気だ」と、いじめの要因になっているのではないか、と賀津彦は心配になるのだった。

「それにしても微妙なんていう言葉をよく知っているね」

賀津彦は懸念をおくびにも出さないで言った。この時、賀津彦の心には苦い思い出も浮かんでいた。子ども時代のいじめにまつわる哀しいできごとであった。

「このくらいの言葉は四年生ぐらいなら大体は使うよ。それに、微妙という言葉は、今、はやり言葉になっているからね」

「そうだったのか」と、賀津彦はほっとした。同時に、「いつからこんなに心配性になったのか」と思わず苦笑いをしてしまった。そして、苦い思い出を封じようとした。

普段に比べると、今日の直人は饒舌と言ってよいほどの話しぶりであった。環境が変わり、学校や授業、友だち関係などのプレッシャーから解放されたからかもしれない。賀津彦は、直人を連れて来てよかったと思った。と、同時に、父親として息子を理解していなかったことがたくさんあったことを知り、深く反省もした。

直人はこの四月、四年生に進級して直ぐに不登校になってしまった。普通は一、三、五年生はクラス替えのない持ち上がりで、担任も原則替わらない。ところが直人たちの三学年は年度末に転入児童が数名あって三学級の基準児童数をわずかに超え、三クラスから四クラスへの学級増となった。そして、新たに学級編成をしたことによって、担任も変わってしまったのである。

「子どもは純粋だから悪に汚されてはいない」という見方がある。それも確かに言える。しかし、環境によっては極めて残酷な行動に走ることもある。弱さを見つけると容赦なくそこを攻撃をすることがある。直人へのいじめもその一つの例であると言える。直人の内向的で色白、やや肥満気味で動作のにぶいところがひ弱さに見えたのであろうか。四年生に進級して間もなく、直人はいじめの対象になってしまったのである。だが、その行為があまりに露骨であったためにすぐに担任の知るところとなった。担任は加害者の児童の指導ばかりでなく賀津彦夫婦にも連絡し、家庭と担任が連携して対応をしていこうという力強いメッセージをくれた。このような迅速な対応もあってか、いじめは解消したかのように見えた。賀津彦夫婦は担任の適切な対応に感心し、大事にならないうちに改善するだろうと、楽観していた。それは担任にしても同様であった。ところがそれは甘かった。いじめは止んだように見えて、実は小康状態になっていただけであった。いじめが露見し、加害者の子どもたちが担任から注意や叱責を受けてしまった。それは当然の結果である。しかし、加害者の子どもたちはそれに対し、逆恨みを持ったのである。そして、報復とばかりに直人への憎しみを新たに持ってしまった。そればかりか、いじめは一段と陰湿で巧妙になっていったのである。偶然を装い足を掛けて転ばす、給食のおかずを少なくする、上履きを隠す、カバンを別な位置に移すなどありとあらゆるいじめを行ったのである。しかも、首謀者たちはいじめの仲間を増やし、直人の孤立化さえ図ったのである。執念深く、狡猾であった。このような継続的ないじめ攻撃という非道な仕打ちに、直人は次第に登校を渋るようになった。七月初め頃には教室にも入れなくなり、二学期が始まった九月中旬頃からは保健室登校となってしまった。しかし、幸いなことに学習意欲は旺盛で、母親が買い与えた国語と算数の問題集を次々と解いていった。既に四年生の学習内容を終え、五年生の問題に取り組んでいるほどであった。また、読書も大好きで、日本歴史や偉人伝などを読みまくっていた。したがって、国語も算数も同年齢の子どもたちに比べかなり理解が進んでいた。共働きの賀津彦夫婦は、多忙さで直人を十分にケアすることができなかった。むしろ直人の学力の高さに安堵感を持ち、不登校の改善については学校に任せてしまっていた嫌いがあった。それでも、この先の繁雑な人間関係を含む社会生活を考えたとき、人との交わり、なかんずく円滑な人間関係を作る能力、そして経験を持つことは極めて重要である。それは、賀津彦も彼の妻も日々実感していることであった。むしろ知識や学力よりもコミュニケーション能力を形成することの方が遥か大切である。これらの能力の獲得には学級での友人関係がどうしても必要である。しかし、学級集団からいじめを受けている現状では、このような能力の獲得は無理である。このことを考えると、賀津彦たちは暗澹たる気持ちに襲われるのであった。わが子がいじめを受けることによって親がどれほど悩み、心まで傷つくかを痛いほど知った。そして、あの時、つるんでいじめた悲しい明徳の顔、さらに、賀津彦たちを諌め、教え導いてくれた明徳の父親の真剣な表情をまるで昨日の出来事のように思い出した。

こんな折に、高校のクラス会の知らせが賀津彦の元に届いた。卒業後二十年を記念し、担任を囲んで盛大に開催しよう、というものであった。賀津彦は、無沙汰の墓参りの良い機会でもあると思った。級友や恩師に会いたくもあった。それで早々に出席の返事を出していた。この仙台行きに直人も連れて行く話が夫婦の会話に上った。直人を同行することは賀津彦の母も喜び、不登校の改善につながるかもしれないという淡い期待があった。問題は息子のことであった。土、日を挟んで四日ほど自宅を離れることになる。一人っ子でしかも母親っ子の直人が素直に承諾するかであった。ところが、両親の懸念は全くの杞憂であった。大喜びで承知をしたのだった。


「おとうさん、その椿の木のことだけどさ、だれが植えたのかな」

直人は、父親を呼びに来たことを忘れてしまったかのように尋ねてきた。

「幹の太さ、高さから推測すると百年以上は経っていると思われる。その年数から逆算するとおじいちゃんのおじいちゃんが植えた可能性が一番高いかな。おじいちゃんが生きている間に聞いておけばよかったんだけどね。今にしてみれば残念であり、悔やまれることだ」

「ひいおじいちゃんねぇ」

直人は目を落とし、その言葉をつぶやいた。どうやら直人はこの椿の木に関心を持ったようであった。

「農作業をしていると必ず午前と午後にそれぞれ一回の休みを取るんだよ。大概午前十時と午後の三時だよ。午前は『タバコ』と言うし、午後は『お茶にする』と言う。午前はタバコを吸う十五分ぐらい、午後のお茶は三十分間ぐらいの休憩、お茶や腹の足しになるような煎餅や漬け物などが出される。この休憩時の絶好の場所が椿の木の下だったんだよ」

そう言い終えたとき、突然、父と母に交じり、ネギを植え替えた中学校二年生の夏の暑い日盛りの光景が賀津彦の脳裏に浮かんできた。そして、無口で、働き者の筋骨たくましい父の姿が目に浮かんだ。

父は旧国鉄の貨物列車の機関士をしていた。貨物列車は、客車が運行される昼間を避け、夜間、それも遅い時間帯に運行されることが多かった。したがって、父も深夜や明け方までの勤務が多く、二食分の弁当を持参することもあった。このような勤務の合間を縫って二百坪ほどの田と三百坪ほどの畑を耕していた。代々農業を生業としていた家に生まれた父にとり、百姓仕事そのものは大変なものではなかった、と思う。しかし、激務の機関士と農作業の両立は厳しかったに違いない。その父も五年前に亡くなった。

ふるさとの自然はありがたい。いつも心を癒やしてくれる。しかしながら、肉親、親族、知人、友人を思い浮かべると、懐かしさと同時に、哀しみやほろ苦さが胸に広がってくるのである。来し方は必ずしも平たんなものではなかったのである。自ずと目頭が熱くなっていく。

賀津彦の実家界隈に住むアパートや貸家の住民は、この土地に農夫たちの汗水が、そして心血が注がれたことは夢にも思わないだろう。何気ない風景や土地にも生活者の苦闘の歴史が埋め込まれているのである。こんな感慨を振り払うように、賀津彦は椿の話を続けた。

「椿は強い木でね、しかも常緑樹だから。常緑樹って知っている」

と、賀津彦は明るい声を作り、直人に問うた。

「もちろん知っているよ。一年中緑の葉っぱをつけている木のことでしょう」

「微妙といい常緑樹といい、直人はいつの間にこんな難しい表現を使えるようになったのかね。随分と物知りなんだ。驚いたよ」

「そのぐらいのことは四年生だったら大概の子は知っているさ。僕の場合は、授業に出ていないからその分たくさん本を読めるので、自然と知識が増えているんだ」

「普通はさ、授業に出ていないと勉強が遅れ、知識も増えないというけど、直人は反対か。そうか、不登校にもメリットがあるんだ」

賀津彦は直人の意外な言葉に驚かされた。直人は自分の置かれた状況を無駄にすることなく有効に使っていたのだ。十歳の子どもがおいそれとできる行為ではないと思った。

「メリットと言ったら先生に叱られるよ。僕ら小学生は学校に行き、授業に出なければならないんでしょう。そのため先生たちも一生懸命僕のことを面倒見てくれているんだから。保健室の先生には特にお世話になっているんだ。僕は先生方にすごく感謝しているよ。おかげでくだらない連中とは関わらなくていいからね」

賀津彦はぎくりとなった。確かに「メリット」という表現は不適切であった。しかも、直人の言葉はいかにも理路整然としていて、父親が口を挟むような余地は全くなかった。それだけに、その言葉を素直に受け取れなかったのである。

「この子は初めから保健室登校を狙っていたのではないか」

いじめられている子に対し、持ってはならない疑念である。ましてやわが子である。

「まさか保健室登校を利用し、自分に都合の良い学校生活を手に入れようとしているのではないだろうな」

疑念は深まる。一度湧いた疑念はなかなか払拭できない賀津彦であった。特に「くだらない連中」と、さらりと言ってのけた言葉には、直人の「気に入らないことは避ける」という本音が垣間見えたようであまり気分がよくなかった。まして、学校側の特別な配慮での保健室登校である。当時、保健室登校を用意してくれる学校はほとんどなかったろう。この配慮を土足で踏みにじるような行為をしてはならない。

わが子、しかもクラスの子たちによって寄ってたかっていじめられている子を疑うことは、親として断じて許されない、そう思いつつも一度湧き上がった疑念はなかなか消えることはなかった。しかし、と賀津彦は思った。幼い時から素直に育ち、両親の言いつけにも逆らうことなく成長してきたわが子である。「よこしまな考え」なぞは持つはずもない。賀津彦は、そう信じることにした。

「じゃあ、くだらない連中との関わりが少なくなった分、いじめも減ったのか」

直人が少しの間を置いて賀津彦の顔を見上げた。大きな瞳がじっと父親の顔を見詰めている。和やかに見えた表情が暗くなっていた。賀津彦はしまったと思った。嫌なことを思い出させてしまったのか、と思ったのである。

「あいつらはクソだよ」

突然、直人の顔色が変わった。そして、今まで聞いたこともない罵りの言葉が直人の口から出たのである。「気の弱い子ども」とばかり思っていた直人が、父親の知らない別な面を見せつけたのである。それが、もって生まれての資質なのか、それともいじめを繰り返されることによって形成されたのか賀津彦には判別がつかなかった。しかし、父親としてわが子の資質をしっかりと把握していない己の至らなさは痛感した。

「保健室登校であいつらと顔を合わせる回数は少なくなったけど、朝の会、帰りの会、給食、それに音楽や図工、体育では必ず顔を合わせるからね。そんな時、僕の顔さえ見れば白ブタとか豚汁とかトンマなどと悪口を言ってくるんだ。この頃は僕も慣れてきて、聞き流すようにしているけどね。それが奴らにはおもしろくないらしいんだ。僕が泣けば満足するんだろうけど、しかし、僕はあいつらの思い通りにはならないって決めたから。僕は絶対に負けないよ。それに学力では学年で一番だからね。勉強で奴らを見返してやるんだ。おとうさん、もう僕のことは心配しなくていいよ」

直人は、今まで我慢に我慢を重ねてきた憤懣を一挙にぶちまけるというような勢いであった。

「そうか、直人はずいぶんと苦しんだんだね。おとうさんたちは、そのことをちっとも気がつかず悪かった。でも、これからは、もっと直人の力になるからなんでも話してくれないか」

賀津彦は直人の言葉に素直に感動した。そして、一時でも息子に疑念を抱いたことを恥じた。

「うん、分かった。僕がおとうさんやおかあさんたちにきちんと話さなかったことがいけなかったと思う。これからはしっかりと伝えるよ」

そう言う直人の口調は穏やかになり、怒りの表情も何事もなかったように消え去っていった。

賀津彦は直人のことをいつも受身で意志薄弱な子とばかり思っていた。それは全く直人の一面でしかなかったのである。父親が思うほど子は幼くはなかったのである。十歳の子どもなりに周りを観察し、自分に襲いかかる災いに何とか対処しようと懸命だったのである。賀津彦はこのわが子の成長に気づかなかった己の不明を恥じた。同時に直人の賢さ、強さに不安を感じもした。十歳にしては出来過ぎと思うのである。これほどの才覚があったならいじめに遭うことはなかったのではないか、と思うのである。遭うどころかいじめる側に立つことさえ可能なはずだ。客観的に見て直人の頭脳は確かに優れている。しかし、頭脳だけで人間の善し悪しは計れない。意志、感情、行動力などを含めた総合的なもので人間の価値は計られる。賀津彦は、直人の成長が知的な面のみに偏重してはいまいかと懸念しているのである。また、その頭脳を悪知恵として発揮して巧みに保健室登校を勝ち得ているのではないかと懸念したのだ。学習が好きでたまらない、という子は存在する。そのような子どもにとっては騒がしい同級生と一緒に学習することは全く非能率的なのである。また、規則に則って過ごす授業や学校生活も時間の浪費に映る。非能率と時間の浪費を避け、不登校の「汚名」を返上する上策は「保健室登校」なのである。この登校の形であればいじめから逃れられ、取り敢えず両親や教師たちに半分ほどの安堵感を与えることができる。

そこまで考えるのはわが子をけなすことに繋がることであり、また考え過ぎとも賀津彦は思う。親は子については何歳になっても、どこででも心砕く存在なのだとつくづくと身に染みた。自分もこうやって親を心配させ、育ててもらったのだ。賀津彦は、両親に対する申し訳なさと感謝の気持ちがふつふつと湧いてきた。そして同時に、半世紀も前の金春さんの心境がいかばかりであったかと思い出され、胸が張り裂ける思いだった。

「直人、さっき言った『あいつらはクソだ』と言ったけど、これは良くないね。直接言ったわけではなく、おとうさんとの会話の中で出てきた言葉だから、それほど問題にすることはないかもしれないけど、これからは避けた方が良いね。普段使っていると、どうしても使ってはいけない場面でもポロリとでてくることがあるからね」

「おとうさんの言うとおりだ。『売り言葉に買い言葉』ということがあるから、『クソ』などと言われたら相手は頭に血が上り、何倍もの怒りで返してきちゃうね。問題を大きくしてしまうから。これからは注意する」

直人は意外なほどにすんなりと賀津彦の注意を受け入れた。その言葉から直人は本当に成長しているのだ、と実感した。苦境に遭いながらも学ぶことは放棄していなかったのだ。むしろ、貪欲ともいえるほど学びに熱中している。賀津彦は熱い涙を噛み締めた。そして、早春の三月半ば頃には満開になる椿の赤色の爽やかな花と、その下に立つ明徳を思い浮かべた。

親子は椿の花を話題にしながら賀津彦の母、優美の待つ居間に戻った。

「おそがったごと、うめえものがあくびすて待ってだべっちゃ」

母はテレビに向けていた視線を賀津彦たちに移しながら笑顔をつくった。

「ごめんごめん、直人に昔のこの辺りことを話していたんだ。まだ田んぼや畑があって、近くを川が流れていたこと。そして、その川でドジョウやフナを捕まえたことや椿の木の話をしてたんだ」

「ほうか、この辺りもすっかり変わってすまったからな。アパートやマンションが増え、さっぱりわがんねえ人達が多くなったよ」

「ねえ、おとうさん、おばあちゃんが言った『うめえもの』ってどういうこと」

直人は賀津彦の耳に顔を寄せて小さな声で聞いてきた。

直人には祖母の言う仙台弁が分からないのである。当然なことであった。これまでに通算十数回祖母の所に来ていたが、幼かったこともあってか方言を理解するほどの回数ではなかった。

「おいしいもののことだよ」

賀津彦も低い声で直人の耳に伝えた。

優美(ゆみ)は台所に立つと白い布巾が被せられたお盆を両手で持ってきた。そして、それを炬燵のテーブルの上に置いた。そして、布巾を取った。

「おっ、ぼた餅だ」

賀津彦は思わず大声を出してしまった。

「おとうさん、ぼた餅って何」

すかさず直人が聞き返してくる。直人の疑問を優美が引き取った。

「ぼた餅は三月のお彼岸に仏前にお供えし、家族みんなで食べるんだよ。うるち米ともち米を蒸して米粒が残る程度に軽くついてまるめる。それにアズキやきな粉、そしてゴマのあんをまぶすんだ。アズキあんをまぶしたところがぼたんの花に似ているようなのでそこからぼた餅と呼ぶようになったらしい。それに対し、おはぎは九月のお彼岸に食べるんだ。作り方はぼた餅と同じさ。ただ、あんが違う。春より秋の方が色々作物が採れるからね。あんこ、ずんだ、ゴマ、きな粉、場合によってはクルミもあるさ。おはぎの呼び方は秋に咲く萩の花からきているんだよ。直人もちゃっこい（小さい）時に食べたはずだけどなあ、忘れてしまったかもな。今日は直人のためにばあちゃんが丹精込めて作ったからしっかり味わってけさい」

故郷へ来て気持ちが緩んだせいか、賀津彦の脳底に潜んでいた土地言葉が時折飛び出してくる。彼にとってそれは心の解放の証に思え、心地がよかった。

「そうなのか、おばあちゃんは僕のためにぼた餅をつくってくれたのね。ありがとう、しっかり味わってたべるね」

直人があんこのぼた餅を口いっぱいにほおばってもぐもぐと食べる様を見て、優美は満足そうに笑顔を浮かべていた。

その様子を見ていた賀津彦も「親孝行ができた」とつぶやきながら、うれしそうに目を細めた。


優美が片付けをし終え、夕ご飯の材料を買いに行った後だった。居間で賀津彦は茶を飲みながらテレビを見ていた。直人は自宅から持参した算数の「五年生ハイレベル算数ドリル」を広げていた。それから三十分ほど経ってからのことであった。

「その椿ってどのくらいの大きさだったの」

と、思い出したように父親に尋ねてきた。

突然のことに賀津彦は含んだ茶を吹き出しそうになった。

「どうした、直人。さっき話していた椿のことを思い出したのか。ずいぶん興味があったみたいだったからね」

「そうだよ、おとうさん。何だかさっきから椿が僕を呼んでいるような気がしてね。それに、僕が大きくなった時におとうさんのように後悔したくないから、しっかり聞いておこうと思ってさ」

「なるほど、しかし、賢いお子さんですね、直人くんは。おとうさんは降参です」

賀津彦は思わず苦笑いをしてしまった。トンビがタカを生んでしまったかな、と思ってしまったからである。

「おとうさん、冗談はいいから早く話して」

賀津彦は「分かった、分かった」と言い、頭を掻きながら話し出した。

「根元辺りの幹の太さはおとな一抱えほどで、高さは十五メートルぐらいあったな。樹齢は百年ほど経っていると言われてたんだ。子どもたちの大好きな遊び場でもあったんだ」

直人の催促で賀津彦は話を始めたのだったが、子ども時代のことをわが子に話すことは二人の間により深い親近感をもたらすようで、うれしく、しかも救われるような気持ちになった。

「へえ、おもしろそうだね。花も咲いたの」

直人は興味が募ってきたのか矢継ぎ早に質問をしてくる。

「赤い花がいっぱいに咲いたよ。紙コップ半分ぐらいのおおきさで外側に赤い花びらが取り巻き、中にめしべ、おしべの花芯があるんだ。それがとても鮮やかな黄色なんだ。こんもりとした濃い緑の葉の生い茂る中にまるで星がきらめいているように咲いていた。今も目に浮かんでくる。あれほどの大木の椿はめったにないから、切ってしまったことはとても惜しいね」

そう言った瞬間、賀津彦の胸の奥にキリリとした鋭い痛みが走った。

あの赤い椿の花であった。そして、その下で俯いたままじっと立っている子の姿が浮かんできたのだ。

「じゃあ、その椿の木に登ったりもしたんだ」

賀津彦の意識は一瞬過去へ飛んでしまっていた。

「おとうさん」

直人が語調を強め、そして、賀津彦の袖を引いた。

賀津彦は、あっと思いながら「木登りね、そっ、しょっちゅうしてたよ。この椿の木は、おとうさんたちのお城のようなものだったからね。みんなそれぞれ自分の枝があって、名前まで付けていたほどだ」

「いいなあ、木の上で遊べたなんて。それにいじめはなかったんでしょう」

賀津彦は、不意に投げつけられた直人の言葉にぐっと詰まってしまった。やはりどこへ行っても、直人はからめとられたいじめから逃れられないのだ。「哀れ」と賀津彦は思った。同時に、鋭い痛みが身体を貫いた。椿の木の下、自分たちが犯した過ちのシーンが眼前にありありと浮かんできたのである。

俯いて立ち竦む少年、明徳の姿が目の前に現れたのである。彼は、賀津彦たち仲間が寄ってたかっていじめていた相手で、父が朝鮮人で母が日本人であった。その彼が、今、息子直人の口を借りて賀津彦を糾弾しているかのようであった。あの日から既に二十七年の歳月が流れていた。

「もちろん、いじめなんかなかったよ」

咄嗟にその言葉が賀津彦の口から衝いて出た。止めようという間もなかった。事実は全く正反対であった。「メイトク」と心の内で呼んでみた。胸に苦いものが広がっていくだけであった。そして、明徳の父が言った「人間、誇りが大切だ」という言葉が脳裏に浮かんだ。赤面していくことが分かり、賀津彦は思わず手を握りしめた。

「ごめんな」という謝罪の言葉は二十七年前に果たしておくべきであった。「いじめはなかった」などという虚言は、さらに自身を苦しめるであろう事は明々白々である。罪を成し、その罪を隠し、さらになかったものとする卑怯さは、許されるはずもない。弾みだった、という言い訳は傲慢さの裏返しでもある。嘘を続けるよりは素直に謝罪すれば一時の恥で済む。しかし、その一時の恥に堪えられずに嘘を突き、更に罪を深くしていく。愚かさから免れ得ない己が哀れである。これから、傍らにいるいじめ被害者のわが子へどんな顔をして向きあうことができるのか、問われたら返す言葉は全くない。賀津彦は、してはならない過ちを犯してしまったのだ。

しかし、と賀津彦は思った。誤りは少しでも早く訂正した方がよい。いや、するべきだ。たとえ、息子になじられようと、けなされようと、軽蔑されようともである。「過ちては則ち改むるに憚ることなかれ」という論語の言葉を今こそ生かすべきだ。問題はいつかである。やはり、自宅に着く前までに話す。賀津彦は腹をくくった。

一九五八年二月、極寒の南極昭和基地に置き去りにされた十五匹の樺太犬のうち、タロ、ジロの二匹が生きて発見された。国内は勿論のこと、海外でも樺太犬の生命力の強さに驚きと喜びの声が上がった。他方、置き去りに対する可否の意見が新聞やテレビなどを賑わした。その騒ぎもようやく沈静化した早春三月の頃であった。

見通しの利く広い畑の真ん中に立つ椿のこんもりとした葉の間から四、五人ほどの子どもたちが見え隠れしていた。その中に賀津彦もいた。彼は他の子どもたち同様に、もぎ取った椿の赤い花を下に向かって投げつけていた。その先には明徳が背を丸め、俯いたまま立っていた。と、「チョウセン、チョウセントパカニスルナ、オナシコメノメシクッテ、トコチカウ」と地面に向かって叫び始めた子がいた。賀津彦の一学年下、三年生の透であった。たどたどしいその言い方がいかにもわざとらしかった。他の子どもたち二人程が、嘲りの声を上げた。

透が明徳に投げつけたその言葉は明徳の父、金春さんが四、五日前に明徳をいじめていた子どもたちをたしなめた口調とそっくりであった。子どもたちの嘲りは、金春さんにも向けられていたのであった。父親に言い返せない分を明徳に向けていたに違いない。明徳の首は更に深く垂れ、身体も縮こまっているようにも見えた。屈辱に心も潰れる思いに違いなかった。賀津彦は明徳の苦渋を思うと、いたたまれない気持ちになった。また、透はやり過ぎであるとも思った。しかし、一学年下にも拘らず透に「止めろ」とは言えなかった。言えば「いい子ぶっている」と攻撃され、仲間外れにされることを恐れたからであった。

金春さんは在日朝鮮人で「かねはる」という日本名を持ち、彼を知っている人たちは「カネさん」と呼んでいた。彼の家族は賀津彦の自宅の裏にある新井さんの借家に住んでいた。借家と言っても一軒家ではなく、新井さんの家の北側の壁にへばりつくように建て増しされた部屋のようなものであった。賀津彦の土地ではこれをサッカケとよんでいた。「さ」は強調の意の接頭語、「かけ」は「掛ける、架ける、懸ける」であり、「小屋掛け」の「掛け」と言えば分かりやすいであろう。臨時的で簡易の小屋風の造作である。間口は一間、奥行きは四間で窓もないウナギの寝床のような造りで、年中十ワットの電球が点いていた。

家族は日本人の奥さんの小林香(かおる)さんと息子の明徳との三人であった。香さんの実家は賀津彦の自宅から徒歩十分ほどの神社近くにあった。香さんは両親や親族らの挙っての反対を押し切り結婚したのであった。そんな事情で実家とは絶縁状態であった。明徳は透と同学年の三年生であった。

明徳はみんなから漢字のとおりメイトクと呼ばれていた。父親に似て背が高く、学年の中でも一、二を争うほどであった。しかし、痩せてあばら骨が浮き出ていた。そのせいか手足が異常に長く見えた。また、皮膚が全体的に黄色みを帯びており、周りの子どもたちといくぶん違う風貌がもう一つのいじめの要因になっていたのかもしれない。当時の賀津彦の住む村落は旧弊がまかりとおり、転居して来た者に対しては表面では愛想笑いで対応しながらも、裏では「余所者」扱いをし、村落の役員や年にいくつか行われる祭りなどの行事の役職などには決して就かせなかった。したがって、在日朝鮮人や韓国人に対しての差別や偏見などは陰に陽にあった。そのような環境であったから、自然子どもたちもこの雰囲気に染まっていったのはやむを得なかった。そんな訳で子どもたちの明徳に対するいじめも日常的であったのである。しかし、そんな状況でありながらも、明徳は子どもたちの遊びの輪の中に加わろうとしていた。子どもという者は孤立を恐れ、群れたがるものなのである。明徳も友だちが欲しかったのである。そのことを周りの子どもたちが知らないわけではなかった。それにも拘らず自分たちの仲間には入れようとはしなかったのである。しかも、完全に排除するわけでもなかった。排除はしないけど近づけもしないという微妙なバランスを取っていたのである。何かの弾みでいじめを追及されたときの逃れる口実として、また、からかいの対象を保持しようとする狡猾さでもあった。いじめには一種の快感というものが存在する。相手が泣いたり、悔しがったりすることが心地よいとする感情である。加虐的快感とでも言えるもので、特に集団の中で見られる。また、集団仲間外に共通の敵を作り、仲間の結束を果たすという働きである。残念ながら子どもたちにもこういう現象が見られるのである。子どもだからと言って必ずしも純真とは言えない。子どもたちは、その都度その都度おとなたちの行動や考えを見、まねているのである。環境が子どもたちの意識や、行動を形成するのである。

いつものメンバーの子どもたちが集まってメンコをしていた日のことであった。それを離れて見ていた明徳がじわりじわりと距離を詰めて、その集団に近づいて来た。二メートルほどの、ちょうど声掛けには良い距離になったときである。だれとなく「チョウセン　キタネエカラコッチサ　クルナ　シェッ、シェッ」と手振りを交えて悪たれ口を叩き始めた。明徳はひるむかのように一、二歩下がった。しかし、そこで踏み止まって視線をじっと子どもたちに向けていた。その態度が子どもたちには気にくわなかったのだろう。嵩にかかって悪態をつき始めた。明徳は更に後退りした。子どもたちは、しかし、それ以上追い打ちを掛けようとはせず、またメンコに熱中した。子どもたちの微妙な距離間であった。もし、子どもたちが「もう一押し」とばかりに一斉にののしり始めたならば、さすがの明徳もそこを離れ、自宅に逃げ帰らざるを得なかったろう。からかいやいじめの対象が消えるということは、加害者にとりおもしろくないことであり、退屈になることであった。膨らんだ風船が急にしぼんでしまったようなものである。従って、この微妙な距離感というものは加害者の悪知恵とも言えるのである。明徳はこの微妙な距離感によりその場に居続けることができ、同時にいじめの対象になり続け得たのである。

この日も薄青い空は高く、無辺の広がりを見せていた。そして、掃いたような雲が白く浮かんでいた。だが、残雪に輝く蔵王おろしの風はまだ冷たかった。しかし、耳をそばだてると、風の音にはほのかに春の気配を含んでいることが感ぜられた。時折、モズの鋭い鳴き声が空を切り裂いていた。椿の葉の緑はその深さを増し、むしろ黒々と見えた。そこに散らばる赤い花は盛りであった。どっしりと佇むその樹木も、本格的な春の訪れを待ち焦がれているようであった。

その赤い花の椿の木の下に、五人の子どもたちが集まっていた。相変わらず明徳はその輪の外にいた。

「今日は何すっぺが」

貞男は軽く握った右こぶしで鼻をこすりながら言った。手の指には春が近いと言うのにまだあかぎれがあった。貞男は賀津彦の一学年上の五年生である。

「昨日の続きで爆撃ごっこすっぺや」

一番年長でリーダー核の恒雄が当然のように応えた。恒男は六年生ながら、家事や田畑の力仕事もこなす孝行息子であった。父親はビルマ（現ミャンマー）のジャングルの中で戦死してしまった。いつも折り返しのある衿の学生服を着ていた。その服は袖も丈もつんつるてんで、ところどころ継当てがしてあった。しかし、こんなことは何も恒雄だけのことではなかった。多かれ少なかれどの子にも共通したことであった。

「始めるぞ」という恒雄の掛け声で、子どもたちは一斉に木に取り付いた。灰色の樹皮は滑りやすい。しかも、地上から二メートル近くの幹の部には、手がかりとなる枝さえ生えていない。しかも、幹は子どもたちの腕の一抱え以上もある大木である。だが、子どもたちはそんなことはお構いなしに上手な者から順に木に取り付いていく。そして、両手両足を器用に使い、なんなく登っていった。彼らは登りきると、それぞれが決めてある専用の枝である「爆撃機」に「着座」した。それらは仲間内の序列に準じて一番機、二番機と命名されていた。隊長は当然ながら恒雄であった。賀津彦は三番機であった。

「みんな準備完了したか。それでは発進」

隊長である恒雄の号令で四人の子どもたちは一斉に枝を揺らし、ブーンとかゴーッとかの飛行音を口に出している。

「今日の爆撃はどこですか。隊長どの」

貞男はすっかり操縦士気取りであった。

「今日の爆撃は閖上（ゆりあげ）沖だ。沖に停泊している敵艦隊を爆撃し、上陸を阻止する」

恒雄は恒雄でもうすっかり隊長になりきっている。「閖上」は子どもたちが海水浴やハゼ釣りなどでよく行く浜である。

「隊長、敵機来襲です」

「どこだ」という恒雄の声に、貞男が指差した方角に真っ黒なカラスが数羽、電線の上で辺りを見回していた。逆光がカラスの鋭いくちばしを鮮明に浮き上がらせていた。

「敵機発見、護衛機のグラマン戦闘機だ。よく狙って。よっし射撃開始」

恒雄の声に全員が「ダ、ダ、ダ、ダッ」と声を張り上げ、枝を揺らした。椿の花が幾つも独楽のように回転しながら落下していった。

電線のカラスたちは子どもたちの大声に驚いたのか、鈍い羽ばたき音を響かせ飛び立っていった。

「敵機撃墜」

賀津彦と透が調子を合わせて叫ぶ。

「よっしゃ、みんなよくやった。次は爆撃の目標地点に急ぐぞ」

恒雄は右手を高く挙げると、ぐるぐると回した。次いでその拳の親指を立てると、今度は下に向けて激しく上下させながら再び大声を上げた。

「明徳、今日はおめえも仲間に入れてやっから、そこにじっとすてろ」

滅多にない呼びかけに、明徳の沈んでいた顔がパッと上がった。その顔は喜びにほころんでいた。

「おい、みんな、閖上沖の目標は敵艦隊と上陸用舟艇だからな。今回は明徳が敵艦隊だ。目標を違わないようにしっかり攻撃するんだぞ」

そして、「左旋回」と叫んだ。

他の子どもたちは、恒雄にならって一斉に身体を左に傾けた。木の下の明徳は恒雄の言葉がよく聞こえなかったのか、顔を上げたまま恒雄の言葉を待っていた。それに合わせるかのように「敵艦隊の頭上に到着、爆弾投下」と叫んだ。そして、花をちぎり取ると明徳めがけて投げつけた。それを倣って他の子どもたちも花をもぎ取ると腕を振り、花を投げた。突然のことであったが、明徳はひらりと身をかわした。思いの外明徳は敏捷であったのだ。

「明徳、逃げたらだめだ。じっとすてろ」

恒雄の声に、明徳は金縛りにあったように動かなくなった。明徳の頭や肩にいくつかの花が当たり、花びらがひらひらと舞うように地面に落ちた。そして、明徳の周りはたちまち花だらけになっていった。花びらが無残にもげているものもある。深い冠のような花の中心にある黄色の花糸はまるで生き物の内臓のように見えた。

「明徳、おめえは直撃弾が命中して轟沈だ。そこに倒れろ」

樹木の間から恒雄の声が響く。その後に「倒れろ、倒れろ」と子どもたちの声が続く。明徳はその声に押されるようにごろりと地面に倒れこんだ。しかし、仰向きの姿勢は落ち着かないものである。ましてや、日頃いじめている者たちに身体を無防備に晒すことは危険、と感じたのだ。さりとてガキ大将の恒雄の命令に背くことはできない。明徳はどう身を処置したらよいか決めかねていた。しかし、脅迫めいた恒雄の言葉に抗することはできない。仕方なく明徳はごろりと地面に身を置いた。そして、ぎこちなく胸の上で手を組み、目を瞑った。花の圧し潰される感触、地面の冷たさが薄い上着を通し、背中の皮膚に感じられた。

「明徳、よぐやった。偉いぞ」

恒雄の甲高い声が響いた。恒雄からこんな温かい褒め言葉を掛けられたのは初めてであった。その声を聞いた瞬間、明徳の口から白い歯がこぼれた。地面の冷たさも吹き飛んでしまった。

「ようやく仲間に入れてもらえた」と、うれしさが込み上げてきた。

「さあ、わが編隊は次の攻撃目標に向かうぞ」

恒雄の喜色の浮かんだ顔が、椿の葉の向こうに見えた。明徳は、恒雄も笑顔なのがうれしくてたまらなかった。その笑顔を見ながら、他の子どもたちも自分を受け入れてくれた、と思った。

その時であった。

「こらあっ、うちの息子に何すてんだ」

顔を真っ赤にし、大声を上げながら速足で近づいて来る男がいた。痩せた長身の男で、首に手拭いを巻き、手にはシャベルとツルハシがあった。明徳の父、金春さんだった。

「明徳、起きろ」

金春さんの声は驚くほど大きかった。その声に弾かれたように明徳はぴょこんと起き上がった。

「明徳、恥ずかしいことはするな」

金春さんは再び大声を上げ、椿の木の下に来ると手にしたツルハシとシャベルをその根元めがけて投げつけた。カチャーンという金属のぶつかり合う音が響いた。

子どもたちは金春さんの大声ばかりでなく、シャベルとツルハシのぶつかる金属音に気圧された。そして、恐怖心にさえ襲われた。金春さんが今にも木に登って来て、自分たちを叩き落とすのではないかとさえ思ったのだ。しかし、それは杞憂ではあった。

金春さんは土木作業員をしていた。この日は何かの都合で早仕舞いをしての帰りのようだった。

「キミタチハ　トウシテイツモ明徳ヲイジメテイルノタ。明徳ガナニカワルイコトテモシタノカ」

先ほどの怒気を含んだ声ではなかった。子どもたちに言い聞かせるような穏やかな口調に変わっていた。子どもたちはほっとすると同時に、恥ずかしさに襲われた。賀津彦は金春さんの言った「きみたち」という言葉にはっとなった。いつも「おめえ」とか「ガキども」と口汚く呼ばれているることに慣れている身に、この言葉は新鮮で、おしゃれに聞こえた。他の子たちにとっても同様だったに違いない。賀津彦は、母が言った「金春さんは昔の中学校を卒業しているんだ」という言葉を思い出し、その言葉遣いに納得した。と同時に、その思いに反し、金春さんの濁音抜きの言い方に笑いが込み上げてきた。一度笑いが起こると抑えが効かなくなる。そして、このような類の笑いは周りに伝播していく。両手で口を必死に押さえている子もいた。子どもたちは、金春さんにすぐに謝れば大事には至らないことを重々承知していたはずである。

しかし、どこかに金春さんを見くびるところがあったのであろう。だが、他方で金春さんの怒りが爆発しまいかと恐れていたことも確かであった。ところが金春さんは違っていた。

「キミタチ、オトナカマチメニ話ヲシテイルノニ、トウシテキチント聞カナイノカ。日本人トシテ恥ツカシクナイノカ」

金春さんは怒るどころか穏やかな、そして静かな口調で語り聞かせてきたのである。その落ち着いた口調に、逆に子どもたちは尋常でないものを感じ取り、一瞬に笑いが消えた。常に叱られ、怒鳴られている子どもたちには、金春さんの口調が全く予想外であったのである。

賀津彦には金春さんの優しい話し方のほか、もう一つ驚いたことがあった。それは「日本人として恥ずかしくないのか」という表現であった。初めて聞く言葉であった。その言葉は強烈に胸を衝いた。そして、何か尊いものに聞こえ、粛然とさせられた。

賀津彦は「日本人として誇りを持て」などと教えるおとなは、学校の先生も含み一人として知らなかった。他の子どもたちも同様であった。たとえ学校で教えられたとしても、にわかには信じられなかっただろう。なぜなら、鬼、畜生と蔑んでいたアメリカ兵がばらまくチョコレートやチューインガムを嬉々として拾い、またアメリカ兵の腕に赤いルージュを引いた女性がぶら下がっている風景を目にしてきたからである。そんな目撃経験を持つ子どもたちに「誇り」を強いたとしても所詮無理なことであったろう。少し聡い子であれば現実との食い違いはすぐに見破るし、高学年の子の中には、またおとなが不相応な大気炎を吐いている、とさえ思う子もいたに違いない。

　しかし、金春さんが言うとなると、その趣は全く変わってしまう。金春さんは日本に併合された朝鮮の国民であったし、賀津彦たちにさえ偏見を持たれ、差別されている人である。この日本国民から虐げられた人が、事もあろうに日本を「誇りある国」と褒め称えたのである。

　金春さんが言う「日本人」という語感は今までとは違い晴れがましく、凛々しさが感ぜられた。賀津彦の驚きは大きかった。そして「凄いことを言うおとながいるものだ」と、金春さんの見上げている顔をしみじみと見入った。この金春さんの言葉は生涯、賀津彦の記憶から消えることなかったのである。

　この時の賀津彦の心理状態を表現するとしたならば「面喰らう」という言葉が最も適切であったろう。とんでもない方向から予想もしないパンチが顔面を襲った、そんな驚愕である。賀津彦の顔から笑いが消え、粛然たる気持ちになっていった。

「きみたちはまだ知らないかもしれない。また、たとえ知っていたとしても理解できないと思うが、人間にとって一番大切なものは誇りだよ。自分や自分の国を大切に思い、他のだれにも負けないで胸を張って自慢にできることだ。朝鮮人は朝鮮人の、日本人には日本人の誇りがある。それをなくしたら人ではなくなるほどの大切なものさ。生きる価値と言ってもいいよ。それ故、その誇りを傷付けられることは一番の恥じになるんだよ。だから誇りを傷つけるようなことをしてはいけないんだ。分かるね。きみたちが先ほどうちの明徳にしたことは、明徳の誇りをひどく傷つけたんだよ。しかし、本当は明徳以上にきみたちの心が傷ついているはずだよ。なぜなら、きみたちがやったことは、人の道に外れた恥ずかしい行いだからだ。きみたちのうちのひとりでも、自分がやったことを胸を張って『僕は正しいことをしました』と言えるかね。言えないだろう。それはきみたちの心の中に良心というものがあるからだ。誇りを持つことと、良心に恥じないということは表と裏の関係で、二つは切り離せないんだ。良心に恥じないということは、誇りが持てたということだ。このことをどうか忘れないでほしいんだよ」

金春さんの顔は、話を進めるうちに赤みを帯びていった。話し終えたとき「ふーっ」と大きく、長い息が漏れた。

子どもたちはそんな金春さんの顔をじっと見詰め、そして互いの顔を見合わせた。三年生の岩男は、頭を小さく横に振った。「分からない」という彼なりのサインであった。しかし、金春さんの真剣な、そして厳しい表情、語調からただ事ではないくらいのことは十分に理解できたに違いなかった。そのことは、他の子どもたちも同様であった。このことだけでも、金春さんの話は子どもたちには十分な価値があった。

賀津彦は金春さんの「明徳をひどく傷付けた」という言葉に、実はどきりとなった。常日頃から母親に「明徳と仲良くしないといけないよ。決していじめたりしてはだめだよ」と口酸っぱく言われていたのである。はっとなってそのことを思い出したのである。もしも、金春さんがこのことを母親に言いつけたら、小言では済まないに違いない。「金春さん、どうかしゃべらないで」と、心の中で祈った。そして、視線を金春さんに向けた。

その視線を感じたのか、金春さんは賀津彦の方角に顔を上げた。そして、「それに」と、一呼吸を置き、首に巻いた手拭いをほどくと、その手拭いでつるりと顔を拭った。賀津彦はまるで自分の顔を拭かれたような気がした。思わず両の手を顔にやってしまった。

冷たい風の中にもかかわらず、金春さんは、うっすらと汗をかいていたのであった。拭いた白い手拭いに薄茶色のしみができていた。汗を拭いたせいか、金春さんの日に焼けた顔に生気が戻ってきたようであった。その顔に、西の空に傾きつつあった陽が当たっていた。それを見て、賀津彦の肩の辺りの緊張感がほぐれていくのを感じた。

「朝鮮人も日本人も同じ米の飯を食って生きているんだ。それに、この二つの国は二千年も前から関わり合いを持ってきている隣の国同士、違いも多いけれど他の国に比べれば似ていることが沢山あるんだよ。こんな二つの国に住む人々は仲良くしていかないと。仲良くすることが大事だよ。そうすれば世界に役立つ新しいことがたくさん生まれる」

金春さんは「ナカヨク」という言葉に力を込めた。

賀津彦は、金春さんはどうしてこんなに熱心に話し掛けてくるのだろうか、と不思議に思えた。そんな賀津彦の疑問が聞こえたかのように、金春さんは再び話し始めた。

「いいか、きみたち。私たちは仲良くできないはずはないんだ。仲良くなれば相手の良さが分かるし、良さが分かれば争いの種はなくなる。争いがどんなに人々を苦しめ不幸にしたか、きみたちにも分かるだろう。今度の戦争で、よその国の人々からその国の言葉や名前、それに土地を奪ったりしたことがあった。しかし、そういうことは二度としてはならないんだ。きみたち子どもたちはどの国の人々とも仲良くし、平和に暮らしていける世の中を作っていかなくてはならないんだよ。そのためには、二度と戦争を起こしてはならない。若いきみたちが力を合わせれば、必ず平和な世の中をつくれる」

金春さんは言い終わると、地面に散らばっている花を一つ拾い、そしてその香りをかいだ。金春さんの目が細くなり、静かに息を吸っていた。穏やかな表情であった。

賀津彦は、金春さんが「ナカヨク」と言う度に心臓がどきりと鳴った。そして、明徳と自分の母親に「申し訳ない」という気持ちが湧いてきた。

「私たちはいつまで日本にいられるか分からない。いる間、どうか明徳を仲間に入れて仲良くしてやってくれ。お願いするね」

そう言うと、金春さんはぱんぱんと手拭いでズボンの埃を払い落とした。そしてツルハシとシャベルを拾った。この二つの道具はよく手入れされており、シャベルの金属部分が日の光にきらりと反射した。

「ごめんなさい」

恒雄が立ち去ろうとしている金春さんの背中に向かって小さい声で言った。他の子どもたちもそれに続いた。賀津彦も「ごめんなさい」と言いながら「あれっ」と思った。金春さんのかった。

「いつまで日本にいられるか分からない」という言葉に引っかかったのである。

「朝鮮に帰るのだろうか、それともどこかよそへ引っ越すのだろうか」

その疑問を金春さんに尋ねたかったが、何かおそろしいような言葉が返ってきそうで聞けなかった。

「アリカトウ、ヨロシク頼ムネ」

金春さんは軽く頭を下げた。

その金春さんの様子に、子どもたちは顔を見合わせた。その顔には怪訝な表情が浮かんでいた。おとなが子どもに「ありがとう」と返すことや頭を下げるなどということは今まで経験をしたことがなかったからである。恒雄も目を丸くしている。やはり驚いたのであろう。

「椿ノ花カキレイタネ。サア明徳、一緒ニ家ニ帰ロウ。オカアチャンカ待ッテイルヨ」

金春さんは軽く明徳の背中を押した。明徳は振り返り、振り返り畑道を帰って行った。そして、角を曲がる寸前に右手を挙げ、その手をバイバイと振った。遠くから蒸気機関車の汽笛が鋭く、長く聞こえてきた。子どもたちは枝に腰を下ろしたまま、二人の姿が見えなくなるまで見送った。見送っているときも、見送った後も子どもたちは無口であった。蔵王の山並みに影が落ちてきたのだろうか、銀嶺の白さが薄くなっていた。

「みんな今日はお仕舞いにすっぺ。また明日ここに集合だ。みんな気をつけてな」

沈黙に我慢ができなかったのだろう。恒雄が声を上げた。しかし、恒雄のその声は心なしか沈んでいるようだった。しかも「気をつけてな」と仲間への気遣いまでしていた。これもまた滅多にないことであった。子どもたちは「うん」と素直に頷き、木から降りていった。そして、それぞれの家に向かった。賀津彦の家の前にある蒸気機関車用燃料の豆練炭製造工場の煙突からは、茶色がかった煙がもくもくと噴き上がり、工場の中からは白い蒸気が入道雲のように湧きだしていた。まだ明るいのに工場の外灯は全て点灯されており、夜を徹しての稼働を今日も暗示していた。


「さ、今晩はうめえものがあるぞ」

台所で夕食の片付けを終えた賀津彦の母の優美が、白い布で覆われたお盆を大事そうに両手で持って来た。子どもたちの視線が盛り上がった布巾へ一斉に集中した。

「何っしゃ」

最初に声を上げたのは賀津彦であった。

「何、何」

妹たちもうれしそうに声を上げる。

「春香、お茶淹れて。今日、長町のおばちゃんの所に寄ったらうめいもののもらって来たんだ」

長女の春香はスキップしながら台所へ向かった。優美は炬燵の上に置いたお盆の布巾を両手でそろそろと引き上げた。

「うわあ、ナガマシだ」

末の妹の望の声が弾んでいる。

長町のおばちゃんとは父の姉で、市電の走る商店街でお菓子の卸と小売りを生業としている。時折欠けて売り物にならなくなった煎餅などをくれた。また、クリスマスにはデコレーションケーキを必ず届けてくれた。これは当時、最大のご馳走であり、村内でケーキを食べる家庭は少なかった。「ナマガシ」とは生菓子で和菓子のことである。何かの拍子で傷がついたり、形が崩れて売り物にならなかったものを優美に与えてくれたに違いない。

　優美はその生菓子を小皿に移すと「さあ、どれがいいかはじゃんけんで決めるよ」と言った。食い意地の張った賀津彦への予防措置であった。子どもたちはひとしきりワイワイと言いながら選ぶ順序を決めた。望が偶然にも一番になった。だが、四歳という幼さが選ぶのにためらっていた。賀津彦は二番目の自分が早く選びたいものだから「望、この白いふんわかしたのが一番うまそうだよ」とせかした。望は兄の推めに素直に従った。賀津彦が狙っていたウメを模した薄いピンク色の菓子は、無事に賀津彦のものとなった。

　この当時、甘い物と言えば砂糖であったが、この砂糖でさえまだまだ貴重品扱いであった。冬の寒い晩、砂糖にお湯を足した「砂糖湯」がご馳走だった。こんな状況の中で子どもたちが口にできる甘い物と言えば、紙芝居屋の水飴であった。紙芝居の見料は水飴込みで五円であった。そのほかに、カバヤのキャラメルが駄菓子屋で売られ始めた。当時十円であった。このキャラメルを一箱買うと、中には「文庫券」が一枚入っていた。この文庫券五十点でカバヤ文庫が一冊もらえる仕組みであった。文庫券はラッキーカードが五十点、その他にもボーナス券があった。しかし、この十円が子どもたちには高嶺の花であった。賀津彦も本が好きで時折このキャラメルを買っていたが、そう度々は買えなかった。従って、五十点を集めるのは容易ではなく、本と交換することはなかった。総じて賀津彦の仲間の子どもたちは、紙芝居屋の水飴でその甘味への飢えを満たしていた。しかし、この五円の見料さえ都合できない子どもたちもいたのである。

賀津彦は生菓子の入った小皿を引き寄せると、慎重にフォークを入れて一口一口をゆっくりと噛みしめて食べた。頬の筋肉が知らずにほころんでいた。もったりとした甘さが口いっぱいに広がった。この薄桃色の生菓子が椿の花のように思えた。全部食べてしまうのがもったいないような気がした。妹たちも「うまいね、うまいね」、「あまっこいね」と、口々に言い合っていた。炬燵の台の上は幸せに満ちていた。優美が「とうさんの分も取っておこうね」と、言いながら残った一個を別な皿に移した。父親は夜勤のため不在であった。

賀津彦は生菓子を食べ終わると、日中の出来事を思い出した。幸い金春さんは母親に何も言いつけなかったようだった。賀津彦は安心したが、急にあの金春さんの言葉に抱いた疑問が膨らんできた。そしてこの疑問を胸の中に収めておくことができなくなった。

「かあちゃん、明徳本当に引っ越すの」

「急に何言うんだよ」

優美は口にくわえたフォークの動きを止め、賀津彦に顔を向けた。

「昼間ね、明徳のとうちゃんが『いつまで日本にいるかわがんねえ』と言ったんだ。おれ、もしかしたら明徳たち引っ越すのかと思ってでっしゃ」

「ああ、そのことか。まだわがんねえけど」

優美は口を濁し、くわえたホークを皿の端に置いた。カチャリと音がした。

「賀津彦はおしゃべりだからな」

優美は独り言のようにつぶやいた。彼女の口の端の筋肉が少し緩んだ。

「かあちゃん、何が知っているんだべっしゃ、知っていたら本当のこと教えてけさい。おれ絶対にだれにもしゃべんねえがら」

賀津彦はムキになって言った。妹たちは怪訝そうに賀津彦を見詰めている。

優美は残った四分の一ほどの生菓子を再びフォークで刺すと口に運んだ。ゆっくりと噛み、それを静かに飲み込んだ。優美の喉が少し膨らみ、その膨らみが喉の下へと移動していった。再びフォークを皿に置くとしばらく沈黙した。賀津彦は何か別な生き物が喉を通して母親の体内に入っていくような錯覚をした。

「絶対内緒だぞ」

優美は強い調子で言った。

「わがっている。おれ、お明神さんに誓うがら」

賀津彦の言うお明神さんとは、庭の南西の隅に祀ってある小さな祠のことである。信心深い優美は、日に一回はご飯などのお供えをしていた。この「明神さんに誓う」は、優美の口癖である。その母親の口癖がいつの間にか賀津彦にも移ってしまっていたのだ。

「明徳のかあちゃんの香ちゃんがな、三日ばかし前に家に来て、そのことをしゃべっていったんだ」

優美はいかにも言いたくなさそうな重い口調で言い始めた。

「それで何て言ったのっしゃ」

賀津彦は、身を乗り出さんばかりの勢いであった。

「そんな慌てることねえべ」

優美はゆっくりと話し始めた。

香が最も心配し、気掛かりなことは息子の明徳のことだという。そのうち良くなるだろうと思っていたのだが、いつまで経っても明徳は遊び仲間に入れてもらえない。それどころか「チョウセン」とか「センジン」また、「ハントウ」と囃し立てられ笑いものにされ、いじめもされている。そのことが一番の心配ごとだと。「そして」と続けた。「香ちゃんはね」と言って、少し考えるように、そこで話を止めた。

「日本にいても生活は楽にならない。むしろ苦しくなる一方である。しかも、明徳はいつまで経っても朝鮮人扱いで仲間はずれ。先行きを考えると気持ちが暗くなるばかりだ」

そう言うと、涙を流したという。

「『明徳と遊んでやれよ』と、いつも賀津彦に言っているだろう。それなのにどうして仲間はずれにしているんだ。まさかおめえがいじめの先頭に立ってんじゃねえだろうね」

母はきつい目で賀津彦を睨んだ。賀津彦は逃げるように母親の視線を逸らした。母の言葉に何も反論できず、俯くしかなかった。

「それに香ちゃんはね」と、一息をついて言葉を繋いだ。

香は優美と同級生であった。同じ同級生でも、香は常に学級で一番の成績であった。しかも向学心に燃えていた。当時、村落では、優美を含め多くの子どもたちは尋常小学校で学業を終えるのが常であった。ましてや「おなごに学問はいらねえ」というのが当時の風潮であった。そんな中にあっても、香はその向学心を満たすために高等小学校への進級を希望していた。この志を知った彼女の父親は、祖父母の反対を押し切り、彼女の熱望を実現させてくれたのであった。香はそこでも大変優秀で、担任は女子師範学校進学を強く勧めてくれた。師範学校は授業料が無料であり、卒業後の生活も保障されていたからである。が、やはり高等小学校までが限界であった。女手は家事でも農作業でも欠かせなかった。むしろ喉から手が出るほどの必要性があったのである。そんな状況で、十分な働き手である香さんを「ただ飯を食わせている」訳にはいかなかった。しかも目に見えない、実態のないはずの世間体というものを年寄りであればあるほど気にしていた。

「香ちゃんはいつも小説を読んでいたねえ。そんな香ちゃんをみんなは敬遠していたけど、私とはウマがあってね、仲良くしていたんだよ」

優美は懐かしむように少し声を落とした。そして、目をしばたたかせながら言葉を繋いだ。

「もぞこいなあ（かわいそうだ）、あんなに頭が良い香ちゃんが親の縁まで切って金春さんと一緒になったなんて、まるで苦労を買ってでたようなもんだべや。ほんとにもぞこいこった」

二度繰り返した「もぞこい」に優美の真情がこもっていた。まるで自分の姉妹の身の上を嘆くかのような口調であった。

「器量も良いし、頭がよかった人だから嫁御の口は降るほどあったのに、よりによってなんで『チョウセンジン』などと一緒になったのがなあ、いだますい（惜しい）、いだますい。人ってわがんねえもんだ」

今度は憐れむふうであった。優美は香の無念さが乗り移ったかのように大きく嘆息した。

「香ちゃんは昔から心根のやさしい人だったから金春さんの境遇に同情すてすまったのがなあ。そう言えば金春さんのことを聞いたらこんなごと言っていたよ」

優美は賀津彦をまるで一人前のように扱って話す風であった。おしゃべり好きの母は、時に話し始めると止まることがなかった。多分、このときは他言をしない約束をした者であればだれでもよかったのかもしれない。

「多くの朝鮮人がそうであったように、彼も死ぬほど苦労をしてきた人なのよ。そんな境遇であったけれど、根っからの読書好き、勉強好きで、身近にある本を片端しから読んでいたらしいのよ。これはあの人が酔ったときに洩らした言葉だけどね。そのうちあの人の向学心は止み難くなってきたというの。これは私にも経験があったからとても分かるのよ。するとそんなあの人を応援してくれる親族が現れて、幸運にも中学校へ入学できたわけ。中学校卒業後は高等学校へ進学したかったらしいけど親族の支援はここまでで、後は泣く泣く進学を諦めたのよ」

香の金春さんを話す口調には熱がこもっているように聞こえた。

「まるで境遇が香ちゃんと同じだ」と、優美は思った。そして「やはり香ちゃんは金春さんに同情し、それで結婚に至ったのだ」と確信した。しかし優美はそんなことをおくびにも出さず、「金春さんはどうすて日本にきたのっしゃ。金春さんが来なければ香ちゃんは日本人と結婚できたはずなのに」

この香の結婚の動機は優美の最も大きな関心事であった。しかし、いくら親友といっても香の心の機微にふれることはおいそれとは口に出せず、今日までに至っていた。優美は「今がチャンス」とばかりに口にしたのであった。

「優美ちゃん」と、香は語気を強めた。

「あまり日本人とか朝鮮人とか言わないで。人が人を好きになるのに国籍とか人種なんて考えないし、関係もないと私は思うのよ。どうか私を不幸な女と見ないで。お金の苦労は尽きないけど、私は好きな人、尊敬できる人と結婚できて幸せなのよ」

上気した香の頰がほんのりと紅く染まってきた。

「香ちゃんごめんね。私、朝鮮の人を悪く言ってしまったみたいで」

優美は素直に謝った。

「金春さんっていい人だと思っているのよ。香ちゃんにも明徳ちゃんにもやさしいし、家のこともよくやってるみたいだし、うらやましいわ、これ本当よ。それで金春さんはどうして日本に来るようになった訳」

優美は話が進むにつれ、年来の疑問を抑え込んでおくことができなくなっていた。香の顔を窺いながらさらに問いかけた。

「うちの人、好きで日本に来た訳ではないのよ。私も以前、そのことを聞いたことがあるの。そしたら彼は苦い顔をしたわ。あまり言いたくなかったみたい。でも、私もそのことはどうしてもはっきりさせておきたかったので重ねて聞いたのよ。そうしたら彼は詳しい話などせず、彼の祖国の民謡を聞かせてくれたわ。日本の浪曲のような、講談のような節回しよ。悲しみや苦しみが身体に染み入ってくるような歌なの。これをきっかけにこの後、事あるたびにこの歌を聞かせてくれるようになったの。お陰で私もすっかり覚えてしまったわ」

そう言うと、香は幾分姿勢を正し、小さくつぶやくように朝鮮語で歌いだした。歌い終わると日本語に訳してくれた。

口の利(き)ける野郎は　監獄に
野良(のら)に出る奴(やつ)ア　共同墓地に
餓鬼の一匹も生める女(あま)っちょは　色街(いろまち)に
畚(もっこ)の担げる若ぇ野郎は　日本に
こんで何にもかんも素(す)っからかんよ
八間新道のアカシア並木　自動車の風に浮かれている
（金素雲編『朝鮮民謡選』岩波文庫より）

「さっき、私はこの歌は悲しみ、苦しみが満ちていると言ったけど、それだけじゃないのよ。悲しみを悲しみとするだけではなく、その奥底に乾いた笑い、また辛辣な風刺が潜んでいるのよ。朝鮮民族のしたたかさ、強さよ」

優美は香の話に頷きながら流れる涙を抑えきれなかった。そして、香と金春は本当に好き合っているんだ、と思った。そう思うと香のことが眩しく見えた。

「結局、彼はもっこ担げる若い野郎だったから日本に来たのよ。挙句、秋田の鉱山で骨と皮ばかりになるまでこき使われたの。死ぬかと思ったそうだけど、日本が戦争に敗れて助かり、伝を頼って仙台まで逃げて来たというわけ。当初はレンガ工場近くの同胞部落に住んでいたけど、あの人まっすぐな人でしょう。部落のリーダーたちと衝突することが多く、そこを出ざるを得なかったのよ。どちらかというと追い出されたというのが正しいらしいけど」

優美は「チョウセンジンブラク」と聞いて、さっかけの家が立ち並び、その中で寄り添うような生活をしている人々を思い出した。村内では口にこそ出さなかったが、そこには「近寄らない」という暗黙の約束事があったのだ。

「それでどうやって金春さんと知り合ったの」

香を催促するようで優美は思わず下を向いてしまった。しかし、香は優美の思いなど気にする様子はなかった。

「実はね、彼は前から祖国帰還の運動をしていたのよ。もちろん、その中で民族差別の問題についても勉強していて、日本人も何人か参加していたのよ。その日本人の中に高等小学校の友人がいて、その彼女に誘われ、私も参加するようになったわけ。そこで金春さんに出会ったの」

「ふーん、成るほどね。そこで恋に陥ったというわけね」

「そんな簡単じゃないわよ」

「いろいろ複雑だったということね」

「ばか、優美」

二人は顔を見合わせて、初めて声を出して笑った。

「知識豊富な金春さんからどんなことを学んだの」

二人の笑顔が話に弾みをつけたようだ。真顔に戻った優美は、香に話の続きを促した。

「彼が主宰する学習会で、彼や彼の友人たちから民主主義のこと、男女平等、それに民族差別などについて学んだわ。特に韓国併合がどんなに朝鮮の人民を苦しめ、傷つかせたかを初めて知ったの。日本人の朝鮮人差別は昨日今日始まったのではなく、歴史的な背景があることも知ったのよ」

「朝鮮の人たちを苦しめたのは確かだと思うけど、日本は朝鮮のため随分と力を貸したんじゃないの」

「でも戦後十年も経って、なお差別や人権無視が続いているでしょう。明徳がその例よ。日本人が朝鮮人を本当に助けたのなら、こんな差別など今まで続くはずはないでしょう」

差別の話を出されるとさすがに優美は反論できなかった。また、この話に深入りすると二人の友情にヒビが入るのは避けられない、と判断した優美は「そうね」と軽く頷いた。

しかし、香は抑え続けていたものを中途で止めることはできなかったのであろう。

「軍国主義が終わり、民主主義になったはずなのよ。日本国憲法に『すべて国民は、法の下に平等であって、人種、信条、性別』などで『差別されない』とあるのよ。それなのに現実はこれと全く反対なことが行われているでしょう。相変わらず朝鮮人に対する差別はひどくなっている。しかも、私の両親までも加害者側になっているのよ。悔しいわ、悲しいわ」

香は目を押さえた。うなだれた肩が細かく震えていた。

香は夫の金春と幾晩も話し合いを重ねた。その結果、先の見えない日本を去り、「地上の楽園」と喧伝されていた北朝鮮に帰還する決断をくだしたのだった。金春の決心は随分と前に定まっていた。しかし、香は、祖国日本を捨てて体制の異なる北朝鮮に行く決断はなかなかできなかった。最後に彼女を押したのは、やはり明徳のいじめであった。受け入れてくれない祖国に拘泥していても未来はない、と見極めたのである。そして、国造りにいそしむ若く、希望溢れる北朝鮮なら、明徳も生き生きと暮らせるだろう、と判断したのであった。

「賀津彦には難しい話だったろう。しかし、香ちゃんや金春さんがどんなに苦しんで北朝鮮に帰る決心をしたかぐらいは分かるだろう。それを考えたら明徳をいじめることなんかできないだろう。分かったな」

母親の真剣な表情を見て賀津彦はさすがに頷かざるを得なかった。しかし、母の言葉を十分に理解した訳ではなかった。「それにしても」と、賀津彦は思った。「やっぱりおれたちが明徳をいじめたことが一番の原因だったのか」と。それを思うとやはり居たたまれない気持ちになった。そして、明徳たち家族が帰る北朝鮮はどんな国なのだろうか、と想像を巡らすのだった。

明徳一家は、十二月に第一次帰国船で新潟港を発つ予定であるという。まだ八ヶ月も先のことである。しかし、賀津彦は明徳と直ぐにでも別れるような気持ちになった。心の中を木枯らしが吹き抜けていくような寂しさに襲われた。賀津彦は、明日みんなに明徳の帰国の話をして、一緒に謝ろうと決心した。

北朝鮮は朝鮮民主主義人民共和国というが、賀津彦にはこの長い名前がどうしても馴染めず、覚えきれなかった。しかし、明徳の帰国話を契機に、この国に対する興味がわき始めたのも事実であった。

その国ではだれもがお腹いっぱい食べられ住む家も整っており、生活上の心配は何もない、という。帰国した人々はだれもが大歓迎される。それなら明徳も安心して暮らせる。明徳は「将来に希望のない」日本で、毎日いじめに遭う生活にはおさばらし、快適な生活を送ることができるのだ。賀津彦は「よかった」と思う反面、なぜか羨ましい気持ちが湧いてくるのを抑えきれなかった。他方、「明徳を仲間に入れる」という考えが、どういうわけか急速にしぼんでいくのを感じた。すると、それに反比例するかのように「明徳は地上の楽園でたくさんの友だちができるんだ」という考えが膨らんでいった。しかしまた、「それでもやっぱりいじめたことを謝るべきだ」という別な声が聞こえてくるのだった。

「明日、椿の木の下に早めに明徳を呼んで、先におれだけで謝ろう」

迷った挙げ句そう心に決めると、賀津彦の心は少しばかり軽くなっていくのだった。

翌朝、賀津彦は鼻孔に触れる暖かで心地よい空気に目覚めさせられた。肩や首の辺りのこわばりが全くないのである。その上、昨朝までの部屋全体を包む寒気が全く感じられなかった。賀津彦はほんの一息、息を吸ってみた。口から、そして気管支を通り肺に達した空気は、少しも身体を緊張させなかった。それどころか、柔らかでぬくい気体が、身体の隅々まで行き渡っていくような感じがした。

「春だ、春がとうとうやって来たんだ」

賀津彦はそう叫ぶと、賀津彦はがばっと布団からはね起きた。障子のガラス部分を通して入ってくる光はまぶしかった。賀津彦は身体の底から力が湧いてくるのを感じ、大きく息を吸い、そして「うーん」と伸びをした。

朝食後早々に、賀津彦は明徳の家に向かった。入り口に近づき明徳を呼ぼうとした途端、戸の向こうから家族の笑い合う声が聞こえてきた。賀津彦の足が一瞬止まった。と、さらに明徳の、今まで耳にしたことのないような高く、明るい笑い声が聞こえてきた。実に楽しげな声であった。

賀津彦は、じっとその明るい笑い声に耳を傾けた。そのうちに、賀津彦の心がなぜか沈んでいき、そして不愉快な気分が込み上げてきた。賀津彦はくるりと踵を返すと、足早に明徳の家から離れた。そして、真っ直ぐに椿の木に向かった。もちろん、椿の木の下にはだれもまだ来てはいなかった。賀津彦は沈んだ気分のまま椿の灰色の幹に両手を掛けた。幹は明け方の冷気を吸い込んでひんやりとしていた。その冷たさが掌から腕、そして全身にと広がっていった。賀津彦はいっぱいに空気を吸い込み、そしてそれを止めると勢いをつけて一気に登った。登り終えると大きく息を吐いた。口の先にかすかな白い蒸気が浮いた。その吐いた息の下から椿の赤い花が二、三個真っ直ぐに落ちていくのが見えた。それを見ながら賀津彦は力を入れ、枝をゆらりと振った。根元が朽ちかけていた花が枝から容易に剝がれ、降り落ちていった。賀津彦はそれを見下ろしながら、蔵王の山が一番良く見える隊長機、恒雄の枝に移り、腰を下ろした。そして大声で「ダッ、ダッ、ダダッ」と、機銃を撃つふりをした。しかし、賀津彦の心の渦は収まらなかった。

「ばかやろう、明徳のばかやろう」

賀津彦は大声でどなった。しかし、その声は次第に小さくなり、消えていった。

賀津彦の真向かいにはきれいな円錐形の太白山が澄んだ朝の空気の中に、木々の陰影が見えるほどに鮮明に見えた。その左斜め上後方には、西の薄青い空と大地を横一線に断ち切るかのように蔵王の山並みが朝日に輝いていた。賀津彦が崇める蔵王連峰である。山々は未だ雪を抱き、その雪は微かに赤みを帯びていた。彫刻刀で切り裂いたような山襞が黒く、それらが山容を一層峻険に見せていた。

蔵王の山並みを見詰めていた賀津彦の心は次第に鎮まっていった。下を見ると、一昨日、みんなで明徳に投げつけた椿の花と先ほど落下した花とが混じり合って広がっていた。賀津彦は、その花の絨毯に誘われるように椿の木からそろりと降りた。そして椿の木を見上げ、「明日また会おうぜ」とつぶやいた。

「まだ来てけろな。何でも車には気をつけて帰るんだぞ」

門の先まで出て来て見送る優美の言葉は、既にもう涙でくぐもっている。そして、直人の両手を挟むと幾度も幾度も振った。

「おばあちゃんも元気でね。たった四日間だけだったけど、僕はおばあちゃんと過ごせてとても楽しかったよ。今度の冬休みには必ず会いに来るからね」

その言葉で抑えていた優美の涙がどっと噴きだしてきた。優美は溢れ出る涙を両の手で拭った。

「直人は本当にいい子だ。おらいさの家にこんなにいい子が生まれてばあちゃんは生きていた甲斐があったよ」

「おばあちゃんはもっと長生きしてよ。もし、病気になっても僕がお医者さんになって治してあげるからね。それまで必ず生きていてよ」

その言葉に優美はまた涙するのであった。

「ありがたいねえ、直人は本当にめんこい子どもだ。ばあちゃん、これからもお明神さまのお加護があるように毎日祈っているからね」

そういうと、涙を拭いていた両手を合わせ、頭を垂れるのであった。

「じゃあ、おかあちゃん帰るね。直人も言ったけど、あまり無理しないでね。何かあったら電話して」

「分かった、ほんでも、今日はいい天気でよがったな」

その言葉に賀津彦は空を見上げた。まだ朝の爽やかさの残る空はどこまで高く、透明で薄いブルーがどこまでも広がっていた。しかし、賀津彦の心は晴れやかではなかった。決断をしたことを実行しなければならない責務が残っていたからだ。

「おっ、大事なことを忘れていた」

優美はそう言うと、懐からのし袋を出し、直人に手渡した。

「少しばかりだけど汽車ん中で弁当でも買って食べてけさい」

直人はそれを受け取ると父親の顔を見上げた。父がこくりと頷くのを見ると、「おばあちゃんありがとう」大声で応えた。

賀津彦は母に、

「ずいぶんたくさんお世話になりました。それに、直人にまで気遣いをいただいて申し訳ありません。時間が取れたらまたお線香あげにきますから。身体に気を付けてけさいね」

さすがに賀津彦は別れがたかった。そしてまた、母をひとり置いていくことは断腸の思いでもあった。その思いを断ち切るように、

「さようなら、またね」

「さあ、直人行くよ」

そう言うと賀津彦は踵を返し、歩み始めた。直人は未練がましく身体を半分返し、祖母に手を振った。優美は、幾度も手を振り、目にはまた涙があふれていた。二人が角を曲がって姿が見えなくなるまで手を振るのを止めなかった。

「おとうさん、聞いていい」

「何、また質問か」

父親の言葉に頷きながら、

「おばあちゃんが言っていためんこいってどういう意味」

「やはり」と賀津彦は思った。内心で、直人はきっと聞いてくるだろうと思っていたのである。

「かわいい、という意味かな。いや、単にかわいいというだけでなく、かわいくてかわいくて目の中に入れても痛くない、というくらいかわいい、という意味だね」

「なるほど、方言って味があるんだね」

賀津彦は、直人の「方言は味がある」という表現にもはや驚きはしなかった。むしろ、もっともっと語彙を広げてほしいとさえ思っていた。

「もうひとつあるんだけど」

直人の疑問は、優美が「汽車」と言ったことがおかしかったというのである。もう蒸気機関車は走っていないのにどうして使っているのか、というのである。

「人間は、一度脳に記憶した事柄はなかなか消えない。生活のなかで使われた言葉は特にそうだ。言葉は長いこと使われることによって意味が増えたり、生活の匂いがこびり付いていくんだ。また、言葉は、省略されて短くなることがある。これも、人が生活する上での知恵でもある。直人が言った『味がある』というのはそういうことさ。蒸気機関車も省略され、汽車となった。また、おばあちゃんにとって、汽車はとても身近で味のある言葉だ。身体の奥深く刻み込まれているんだ。何しろおじいちゃんが蒸気機関車の機関士だったからね。そのことも大きく影響していると思うよ」

直人は、なるほどと頷いた。インパクトが強いと言えば「いじめだ」と、咄嗟に直人は思った。直人はいじめられたこと、そして、「いじめ」という言葉は死ぬまで忘れないだろう。祖母の「汽車」は、直人にとっては「いじめ」だ、と思ったのだ。この言葉は消そうにも消せない。そう思うと、父親の説明が、直人には明瞭に理解できたのであった。

大宮行き「やまびこ」は、仙台駅を定時に発車した。連休の後のせいか、座席はかなり空いていた。賀津彦親子は進行方向左側の座席に座った。駅を出ると市街地のビル群の間を抜け、広瀬川の橋梁を渡る。陽気な日が続いたせいか広瀬川の水量は少ない。大年寺山には数本のテレビ塔が立っている。賀津彦は、中学校時代に剣道の部活でその寺の階段を上り下りした記憶がふと蘇った。スピードを増した車窓からは、風景が流れるように後方に去っていった。

「直人、ほら、太白山だ。きれいな形だろう」

この山はそれほど高くはない。標高は三二一メートルで、お椀を伏せたような円錐形である。その形から仙台富士または名取富士と呼ばれ、市民に愛されている。賀津彦も、新幹線の高架橋建設で見えなくなるまで、朝に夕にと眺めていた山である。

「太白山の太白ってどんな意味」

直人の質問魔が始まった、と賀津彦は苦笑した。

「太白山の太白は金星を指す言葉で、この太白星が落ちてできた山、と言い伝えられているんだ。おとうさんが小さい頃、この山にはマムシがたくさん棲んでいるから危ない山だと教えられたんだ。それで、一度もこの山には登ったことがないんだよ。また、太白山という名前の山は中国にもある。さらに、有名な中国の詩人、李白の名前にもなっているんだよ」

「へえ、中国とは縁が深いんだね。ところで朝鮮とは関係ないの」

賀津彦は怪訝な顔になった。なぜ直人が急に朝鮮の名前を持ち出してきたのかと思ったのだ。

「中国と朝鮮は隣同士で、日本以上に繋がりが深いでしょう。中国と日本に太白山という名前があるならば朝鮮にあってもおかしくないと思ったの」

勘の鋭い子であると、賀津彦は思った。

「残念ながら韓国にも北朝鮮にも太白山とつく名前の山はないよ。ところで朝鮮半島には二つの国が存在する。分かっていると思うが、一つが朝鮮民主主義人民共和国で北朝鮮とも呼んでいる。もう一つが大韓民国で韓国と呼ぶことが多い」

「おとうさん、それは僕も知っているよ。学校の図書館で地図帳を見ていた時、偶然朝鮮半島に目が行ってここに二つの国があることを知ったんだ。そして、この二つの国の国境が真っ直ぐなことに不思議に思ったんだ。後で調べようと思いそのままになってしまったけど。それでおとうさんにいろいろ聞いたわけ」

「そうか、これを機会に朝鮮のことを勉強するといいね」

そう言いながら賀津彦の内心は穏やかではなかった。直人の朝鮮へのこだわりが、賀津彦の嘘への謝罪を急かせているように思えたからであった。しかし、それは賀津彦の思い過ごしであったようだ。そう思うと賀津彦はほっとした。そして、話すなら今がそのタイミングだと思った。直人が賀津彦の背中を押してくれたのである。

「直人、ごめん。実はおとうさん、嘘をついていたことがあるんだよ」

突然の言葉に直人はまじまじと父の顔を見詰めた。

「おとうさん、何がごめんなの。嘘ってなにさ」

少し間を置いて、父に向けた直人の言葉には驚きと不安がまじり合っていた。

「実は、昨日椿の話をしていた時、直人が『いじめはあったの』と、聞いただろう」

「うん、確かに」

「その時、おとうさんは『ない』と答えたね」

「えっ、それが間違いだったの」

直人は、賀津彦の言葉にすばやく反応した。

「そうなんだ。それが間違いだった。実はあったんだよ」

直人は両の手を握りしめると、頭をたれ、しばし、沈黙したままであった。

賀津彦は、直人へのショックは大きいだろうと予想をしていた。しかし、彼の様子を見て、予想以上に動揺が大きいことを知った。そして、いらぬ衝撃を与えてしまった、と後悔をした。

しかし、賽は投げられた、のである。今更引っ込めるわけにはいかない。

「それで、おとうさんもいじめの仲間に加わっていたの」

直人は背筋を真っ直ぐにし、ずばりと聞いてきた。

「そうなんだ。申し訳ない」

「いじめられていた相手は」

「朝鮮人と日本人のハーフで、明徳という名前の三年生の子。おとうさんより一歳年下だよ。朝鮮人の血が流れているということだけで遊び仲間に入れなかったり、悪口を言ったり、物を投げつけたりしたんだ。明徳の家族はおとうさんとおかあさんの三人で、北朝鮮に帰ったんだよ」

「おとうさんより一歳下というと、三十六歳か。どうしているのかなあ。元気だといいね。ところで、おとうさんはどうしていじめがなかった、と嘘をついたの」

直人の言葉は核心をついていた。賀津彦は、言い訳をしたり、逃れたり、曖昧にしたりするのではなく、真っ正直に答えるべきだと思った。子どもだから、わが子だからと軽くいなすのではなく、誠心誠意応えることが人の道だと考えた。

「多分恥ずかしく、また、いい子ぶりたかったのだろうね」

「恥ずかしかったから」

「そう、いじめを受けている子の父親が、子どもの頃いじめをしていた、と知られたくなかったのだ。それに、おとうさんたちの世代は、直人たち世代の子たちとは違ってそんないじめはないよと、自慢したかったのかも。また、直人からの質問があまりに突然で、考えもなしについ『ない』と応えてしまったかもしれない。その後、直ぐに後悔してしまったんだ。嘘をついた自分が許せなくてね。直人に直ぐ謝らなくちゃ、とずっと思っていたんだ」

「そうか、いじめている、ということは、おとなでも嘘をついて隠したいほどいけないことなんだ」

「そう、直人の言う通りだね。いじめている人で、『はい、いじめをしています』なんて言う人はいないからね。むしろ、おとうさんのように隠したり、嘘をついたりすることがほとんどだよ」

賀津彦はそう言いながら、直人の言うようにいじめは「嘘をついても隠したいほど嫌悪すべきもの」なのだということを噛みしめた。

直人の表情には穏やかさが戻ってきていた。賀津彦は安堵した。

「おとうさん、いじめをしていた時の気持ちはどんなだったの」

しかし、直人の問いは、なおも鋭く、緩めることはなかった。

「みんなでいじめている時には悪いことをしているという気持ちはそれほどなかったね。ところが、ひとりになった時にはすごく後悔してね、なんであんなひどいことをしてしまったのだと、自分を責めていたよ。いじめをする側はいつも集団なんだ。集団でしていると、悪いことをしている気持ちが消えるか、薄くなってしまうんだ」

「えっ、いじめをしている奴らの中にも後悔したり、自分を責めていることがあるんだ。知らなかった」

直人は何か得心するものがあったようだ。

「直人の場合もそうだと思うが、いじめ集団には命令するボスがいるよね。そして、ボスの命令に忠実だったり、ご機嫌を取るパシリという下っ端がいる。このパシリの連中が一番の実行役、ボスはたいがい後ろに隠れている。このボスを改心させないといじめ集団はなくならない」

「そうか、僕の場合もこの一番のボスを見つけて反省させないといけないんだね。おとうさんの話は経験者だけに分かり易い」

「いやあ、なんかこそぼったい気持ちだね。でも、少しでも直人の参考になるとうれしいね」

「それとね、おとうさんは、おばあちゃんから明徳をいじめてはいけない、仲良くしなさいと口が酸っぱくなるほど言われていたんだ。明徳のおかあさんとおばあちゃんは親友同士だったからね。それにも拘わらず、おとうさんはそれを破っていたんだ。仲間外れにされることが怖くてね。しかし、自分がやっていることに対する恥ずかしさと約束を破ったことへの申し訳なさが重なって、とても心が重かった」

「いじめをやっているやつらの中には、おとうさんのように恥ずかしい、申し訳ないという気持ちを持っている人がいるのかなあ」

「時代が変わっても、それはあると思うよ」

それを聞いて、直人はふんふんと頷いていた。何か感ずるものがあったのだろう。

「恥ずかしい、心が重いと言いながら、どうしていじめ集団から抜け出せないんだろうね、おとうさん」

「それは一番大切なポイントだね。一番抜け出せない重しになっているのは、抜け出せばその者がいじめの対象になってしまうことなんだ。いじめられるだけでなく、仲間からつまはじきになってしまい、挙句、遊び友達がいなくなってしまうからだ。それが怖くて抜け出せないんだ」

「そうか、いじめ仲間から抜けることは、いじめの対象になるってことか。それで奴らはいじめ続けているんだ。かわいそうだな」

「えっ、かわいそう」

「そう、かわいそうだ。自分で物事を決められないで、他人に動かされているんだ。多分、こういう子はひとりになったら何もできないと思う。いつまでも他人に操られていくんだ。不幸だと思う。僕は、いじめられていてとても悔しい。だけども他方で、僕は強くもなってきている。僕は、いじめを通してプライドというものが大切だと知ったんだ」

「えっ、プライド」

賀津彦は、直人が金春さんと同じことを言っていると内心驚いた。

「そう、プライドというものは人間にとって一番大切なんだ。恥ずかしいと裏表の関係だと思う。プライドを傷つけられれば恥ずかしい、逆に辱められればプライドを失う。いじめはこのプライドを守る戦いでもあると思う」

「そうか、プライドね。難しい言葉で言うと人間の尊厳だね。直人は、人間として最も大切な尊厳というものを学んだのだ。それも自分の力で。すごいよ、おとうさんはそんな息子を持ってうれしいよ。いじめた体験を持ち、そして、いじめられている子を持つ父親として、いじめのない世の中になるようがんばるね。もう二度と嘘などをつかないようにする」

直人はじっと父親の話に耳を傾けていた。

「おとうさんありがとう。おとうさんなのに子どもにきちんと謝るなんてすごいよ。僕は感動した。こういうおとうさんの子で僕はうれしいよ」

「そうか、そう言ってくれておとうさんもうれしいよ。重かった気持ちが軽くなったみたいだよ」

その時、列車のアナウンスが、「もうすぐ郡山駅」と知らせた。列車は徐々にスピードを落とし、そして、ぴたりとホームに停車した。直人たちの自由席の車両に乗客が次々と入って来た。それでも、三分の一ほどは空席だった。列車が動き、しばらくすると車内販売のカートが直人たちの席に近づいて来た。

「おとうさん、お腹空いてきたね」

「そうだね、あっ、もう十二時を過ぎている。夢中で話をしてたからね。こんな時間になっていたとは知らなかった。直人は何にする」

二人はあれやこれや相談し、賀津彦は幕の内、直人は牛タン弁当にした。代金は祖母の優美がくれたお金の中から直人が出した。

「おばあちゃんの優しい心がプラスされて、ぐっとおいしくなっていると思うよ」

「そうだな、直人の言う通りだ。おいしい」

二人はおしゃべりをしながら弁当を食べた。郡山を過ぎると次第に緑の風景になっていった。

食べ終わってしばらくしてからのことだった。

「ところで明徳くんたちは、その後どうなったの」

直人が生真面目そうな顔で賀津彦に尋ねてきた。

「うーん、難しいね」

そう言うと賀津彦はハンカチを取り出し、顔をぬぐった。その後に目をごしごしとこすった。疲れが出てきたのかもしれない。

「優美おばあちゃんから聞いていたことだけどね、北朝鮮に帰ってから香さんの実家に何回か手紙が来たそうだ。しかし、香さんのおとうさん、おじいちゃんが『絶対に許さない』と、直ぐに手紙を燃やしたそうだ」

「かわいそうだね。手紙には何て書いてあったんだろうか」

「『地上の楽園』と信じ、北朝鮮に渡ったけど、実際は食べるにも事欠くありさまだったらしい。それで香さんは日本の実家に救いを求める手紙を出したわけ」

「なるほどね。その手紙には北朝鮮の様子なども書いてあったの」

「ところが、北朝鮮では自国の都合の悪いこと、恥になることを他国に知らせないシステムがあった。検閲という制度だけどね。だから、香さんも本当のことは書けなかったと思うね。しかし、『お金を送って』という願いは書いてあったらしい」

「うーん、それはひどいね。それで香さんは返事はもらえなかったんだね」

「ところが、香さんのおかあさんが、家族みんなに内緒にして返事を出していたらしい。お金も送ったらしい。しかし、手紙が香さんの手に渡ってもお金は渡ったかどうかはっきりしない。多分渡ってはいなかったと、優美おばあちゃんは言ってたけど。それに、香さんのように北朝鮮人と結婚し、一緒に北朝鮮に渡った日本の女の人は、約一、八〇〇人いたそうだ。勿論、明徳のように朝鮮と日本人のハーフもいた。この人たちの中には『日本人』ということでいじめにあった人もいたらしい」

「それはひどい。みんな希望を持って渡ったのに、そんな人をいじめるなんて。僕は許せない」

「全員がいじめられたり不利益をこうむったりしたわけではないよ。でも、夢や希望を壊すような仕打ちをするのはひどいね。直人の言う通りだ」

「明徳くんは日本にいるべきだったね」

「それは難しいね。日本でもおとうさんたちがいじめていたわけだから」

「おとうさんたちがいじめなかったらば明徳くんは日本にいたわけだね」

「そう思う。僕たちの心無い仕打ちが明徳や香さん、それに金春さんの運命まで変えてしまったのだ。本当に恐ろしいことだ。今頃気が付いても遅いけど、本当に済まなかったと思う」

「いじめはどこにもあるんだね。いじめがないと思って北朝鮮に渡ったのに。しかも、子どもばかりでなくおとなもいじめに遭うなんて信じられない」

　直人の口調は激しかった。

「そうだね。いじめには逃げ場がないんだな。ちょうどブレーキの利かない走っている列車の中みたいだ。もしこの中で悪口や暴力を振るわれても逃げ場所がない。逃げても追い詰められる。万一外に逃げたとしても二百キロものスピードの列車から飛び下りれば即死間違いない」

「僕も保健室に行けなかったら家で閉じこもるか、あるいは……」

賀津彦は、はっとなって直人の顔を見た。唇を嚙みしめているのは言ってはならないことを抑えているからだろう。

「直人、きみのことはおかあさんもおとうさんも大好きだからね。どんなことがあっても直人のことは私たち二人で守っていくから。それに直人はおばあちゃんの生甲斐でもあるからね。おばあちゃんのためにも強く生きていこう」

「ありがとう。おとうさん、僕もおとうさん、おかあさんが大好きだよ。おばあちゃんのこともずっと大事にしていくよ。仙台に来たお陰で僕はいろんなことを学べた。特に人のやさしさとつながりの大切さを。これは年齢や国とは関係なくね。この新幹線の列車は新しい僕を運んでいるんだ。うれしいよ、おとうさん」

直人の目にはうっすらと涙がにじんでいた。しかし、険しかった顔の表情はすっかりと消えていた。暖かな椅子の温みが直人の身体を包み込んでいた。

瞬殺の秋（とき）

1

思いがけない幸運に恵まれてチケットを手にしたY少年は「しめた」と思いながら、日比谷公会堂の演説会場に入った。この日十月十二日、ここで自民党、社会党、民社党による三党首立ち合い演説会が開催されていた。主催者は東京都選挙管理委員会であり、それにNHKと公明選挙連盟が共催という立場で加わっていた。会場整備と警備の人的配置は、NHKから十四人、都選管から二十七人が当たり、丸の内署からは主催者の要請に従って私服の警官三十人が出ることになった。後に、私服警官の若干名及びNHKからの警備員六人の増員が計られた。

Y少年が会場入り口の扉を開いた瞬間、場内の罵声、怒号、野次がまるで津波のように彼を襲ってきた。さらに二階からはビラがまかれ、一階の会場席にヒラヒラと舞い落ちていた。演説をしている舞台にさえビラが散乱していた。演説会場というより争乱の場という表現が適切なほどであった。

Y少年は、学帽を国防色ジャンパーの右ポケットにねじこむとゆっくりと会場内を見渡した。十二分ぐらいしてから前の通路を速くもなく遅くもなく平常通りの歩みで舞台近くまで進んだ。舞台上の浅沼委員長の演説の様子や客席から向かって右側の椅子に着席する池田首相、左側の司会者席あたりの人数さえも確認していた。動ずることもなく、かといって緊張することもなく普段と変わりない様子であった。さらに前に進み通路にしゃがみこんだところ、すぐ後ろから来た男性に「ここにいたら邪魔だ」と注意をされた。彼はその注意に素直に従って、入ったドアから出た。そして、人気のない廊下の突き当たりまで進んだ。それから頭を巡らし周囲を窺った。だれもいないことを確かめると、壁に向いたまま、左腰のバンドに通して隠し持っていた刀を右手で抜いた。取り出した刀身を胸の前に掲げると、切っ先から柄までゆっくりと目を上げ、そして落とした。赤黒く錆びていたが、ずしりとした手応えが感じられた。Y少年の目がぴかりと光った。「よしこれで刺し殺せる」。彼はそうつぶやいた。そして、その言葉を噛み締めるかのように口をへの字に結んだ。

刀は鎌倉時代の刀匠『来国俊』を模した贋作であった。刀というと広い名称になり、判然としない。この贋作の刀は、脇差といった実質を備えていた。Y少年の父の護身用のもので、全長四十八センチ、刃渡り三十四センチ、幅二・四センチである。鍔はなく、白木の鞘に納められていた。

Y少年はこの錆びた刀身を愛でるように再び下から上へゆっくりと目を凝らし見た。赤錆びた刀身を改めて見ると、やはりいくばくかの不安が頭をもたげた。しかし、その不安を振り払うように柄を強く握った。二度目に両の手で握った。不安が彼の脳裏をかすめた。「やはり柄は短すぎる」と彼は舌打ちをした。右手をしっかり柄に掛けると左手の小指と薬指が柄からはみ出し、腕の力が刀にうまく伝わらない。何よりも刀の操作が円滑に行えないのだ。結果、相手のほんの少しの防御行動でも刃が逸れてしまうに違いない。これでは存分に力が発揮できない。「持ち方を考えなければ」、そう呟くと彼は静かに刀身を鞘に納めた。途中で何かに引っ掛かるような抵抗がした。しかし、少し力を入れるとすっと納まっていった。「やはり確かめてよかった」と、少年は思った。そして、柄を上にして学生服の上から固めに締めたバンドに通した。さらにその凶器が外から見えないようにジャンパーで上から覆った。そのジャンパーの上から柄を握り締め、用心深く位置を確認した。Y少年は、ふうっと大きく息を吐いた。吐いた息と共に雑念も体内から排出されたように思えた。「思いの外落ち着いている」とつぶやきながら、顎の辺りを左手で撫でた。そして、元来たドアのノブに手を掛けるとゆっくりとドアを開け、会場に入った。歩を進めると差しこんだ短刀が太ももに当たり、決行時には邪魔になるのではないかと気になった。

2

この時、日比谷公会堂からおよそ三七〇キロ離れた仙台の地で、右京は高校生活を送っていた。二年生であった。彼の教室では五時限の日本史の授業が行われていた。彼の好きな教科ではあったが、彼は机に俯せになり微動だにせず、まるで彫像のように固まっていた。机に押しつけられた唇が醜く歪み、開いた唇の端からよだれが流れ落ち、机のその部分が濡れて黒い固まりとなっていた。いびきこそかいてはいなかったが、熟睡の状態であった。

右京が在籍する仙台高校では十月十五、十六日の両日、創立二十周年記念の文化祭「仙高祭」が開催されることになっていた。右京は生徒会長兼実行委員長で、他の数人の実行委員と共にこの週の初めから学校に泊まり込んでおり、三日目を迎えていた。十六歳という若さはち切れる年齢とはいえ、視聴覚室の暗幕にくるまり、板敷きの床に寝て過ごす生活はかなり体力を消耗させていた。

日本史担当は太田瀬之輔先生である。黒板には江戸時代の先生手作りの年表が貼られ、先生はその表を指示棒で指し示しながら熱弁を奮っていた。棒を持つ先生の手はぷっくりと厚みがあり、白いものがまじる頭髪は薄くなっていた。顔は脂肪たっぷりで、目も鼻もその厚い脂肪層に埋もれているようであった。勿論、お腹も満月と形容するにふさわしいほど膨らんでいた。「要するに」というのが先生の口癖で、話の脈絡に関係なくその言葉を連発していた。そんなことから生徒たちはだれも「太田先生」とは呼ばず、「要するに」と呼んでいた。先生の歴史観は弁証法的唯物史観で、当然ながら授業もその歴史観を基に行われていた。江戸時代も概括的に「生成・発展・消滅」と捉え、説明をしていた。そして、社会を動かすのは生産力と支配者階級と被支配者階級の力関係であり、人間の意識も文化もそれらに規定されている。発展する生産は、いずれ封建的経済体制を打ち破らざるを得ない。明治時代とはこの封建的経済体制を打ち破って樹立された資本主義経済体制であると。

先生のこの歴史観は右京には極めて新鮮であった。中学校までの歴史の授業と言えば事件や出来事、そしてその年月などを記憶するという味気ない教科であった。世界史も日本史も学習の重点は暗記であった。右京は、これが学習かと疑問にさえ思っていた。しかし、「要するに」の授業では、その時代に生きる人々の姿が生き生きと見え、事象の因果関係を社会の動きの中で理解し、考えることはおもしろかった。要するに「やらされる授業」ではなく「興味を持って学ぶ授業」だった。興味は意欲につながり、意欲は楽しさに転化していった。他方、「先生の授業は受験に役立たない」と嫌う生徒もいたが、多くは記憶中心の授業ではなく、事象を因果関係の中で理解しようとする授業はおもしろいと人気があった。

しかし、今の右京には大好きな日本史も睡魔には勝てなかったのである。

右京は、先生が勧めてくれた三浦つとむ著の『弁証法はどういう科学か』という本を読んで以来、先生の授業がより一層理解できるようになっていった。そして、先生の史観が弁証法的唯物論史観に基づいていることを理解したのである。さらに、この時「歴史とは科学であり、思想である」ということを直感し、震えるほどに感動したのだった。

右京が在籍している仙台高校は一応進学校であった。その関係で、受験に集中すべき三年生の生徒会長は避け、二年生が担うことになっていた。彼が生徒会長になったのは彼の意思ではなかった。三年生有志達の強力な推薦、説得によるものであった。

右京が仙台高校を受験し、その合格の報―この当時、ラジオで合格の速報をやっていた―を聞いたとき快哉を叫んだ。そして、「ようし、これで田沼を見返してやれる」と拳を握った。というのは、彼には、彼が中学生の時所属していた剣道部顧問の田沼先生との確執、どちらかというと先生に対する恨みがあったからであった。

右京は三年生時、部の主将であった。この年の夏、恒例の仙台市中学校体育大会が開催された。当然、右京が所属していた長町中学校剣道部も大会に参加した。この大会では右京は優勝の文字しか見えていなかった。自分の技倆、部員たちの力量に絶対の自信があったからであった。何しろ、全国高校体育大会剣道大会で優勝した高校の生徒たちと半年ほど合同練習をしてきたからである。しかも、右京は三年生と次期主将の二年生を除いた他の生徒たちには負けることがなかった。

全国大会優勝の高校生相手の練習は、予想も出来ないほどの激しいものであった。特に強かった右京には容赦がなかった。いわゆる「可愛がる」という言葉に表現されるように、掛かり稽古の回数が他の部員より圧倒的に多かった。しかも容赦がなかった。「生意気」とも見られていたのだろう。夏休みに入ってからは一段と激しくなった。足払いや突き倒しさえもあったほどであった。練習の合間の五分間休憩が天国のような思いで、空気のうまさを実感した時でもあった。この夏季練習で右京は初めて血反吐を吐き、血の混じった小便をするという体験をした。それでも音を上げずに自らの腕を磨き、鍛えることに邁進したのだった。「絶対という自信」はこういう裏付けがあったからなのであった。

市の大会では案の定、長町中学校剣道部は対戦校を次々と破り、優勝をものにした。問題は個人戦であった。右京はこの個人戦で自分の本当の実力が分かると思っていた。勿論、右京は

「主将で、部一番の実力者である自分が指名されるのは当然」と確信していた。他の部員たちも、応援に駆けつけてくれた先輩たちもそう思って、「早く準備をしておけ」と言ってくれたほどであった。ところが、顧問が呼んだのは右京ではなかった。三年生を差し置いてなんと二年生の松下を指名したのであった。三年生は右京の他にもう二名いた。彼らも無視されたのだ。右京は一瞬呆然となった。先輩たちも唖然としたような顔で見つめ合っていた。その中で、松下だけが「さも当然」というように顔を緩めていた。しかし、少し間を置いて右京は「あっ」と思った。

試合の一週間ほど前、部員同士が雑談していた中で、松下が「夕べ田沼先生が家に来たんだ。酒を飲み過ぎて帰りはタクシーだった」と。それをさも得意そうに話していたのを思い出したのである。しかも、その翌日、松下の父親が体育館に顔を出している。手には片手では持ちきれないほどの紙包みを持っていた。多分、田沼先生への差し入れに違いなかった。そこまで思い出すと「ははん、松下の親父は先生を買収したな」と思った。田沼先生は右京の母方の実家と遠縁にあたる。そんなことから母は先生のことをよく知っていた。「田沼先生は酒に意地汚い」と、母が口にしていたことなどもこの時、思い出した。

先生は松下の父親の誘いにうまうまと引っ掛かってしまったわけである。そう思うと右京の心に怒りが猛烈に込み上げてきた。しかし、右京は、その怒りをじっと堪えた。そして、「がんばれよ、落ち着いて行け」と、主将らしく松下に声を掛けた。松下は右京の気持ちも知らぬげに、右京の声援へにこりと笑い返してきた。

松下は一回戦でいとも簡単に敗退してしまった。松下を除いて個人戦に出場した選手は全て三年生である。二年生と三年生では練習量の上で一年間の差がある。それは技量の差にも繋がる。しかも、出場したどの選手も自チームで一番強い者たちである。松下の敗北は当然の結果であった。

この市大会の半月後、県大会が開催された。長町中はこの試合でも順調に勝ち、決勝戦に進んだ。相手校は県北部にある栗原中学校であった。決勝戦に勝ち進むだけあって選手もつぶ揃いで、気力も充実しているように見えた。右京の部の選手たちも「強そうな相手だな」と、顔を見合わせながらつぶやいていた。それを見て右京は内心まずいと思った。怖じ気づいているように見えたからである。「みんな、宮城農業高校との夏の合宿を思い出せ」と声を掛けた。さらに「これまでの練習は絶対に裏切らない。自信を持て」と発破を掛けた。右京の言葉に選手たちは落ち着きを取り戻したようであった。右京は少しばかり安心した。このことは右京に有利に働いた。主将として部員たちの気持ちや行動に気を配ることで、自身があれこれと考えたり、迷いが生じたりする隙間がなくなったからである。さらに平常心を保つことに繋がっていくことになったからである。それでも気を落ち着けさせなければいけないと時間を見計らって少しの間、瞑想をした。そして、目を開けた時に「侮るな」と心の中で強く言った。

やはり栗原中は強かった。「決勝戦に進むほどの力を持っているな」と感心をした。案の定、勝負は大将戦に持ち込まれた。相手の選手は、やはり堂々としていた。身長は右京より少し高く、一七〇センチほどあると見た。付けている防具は一見して漆塗りの胴と分かった。左胸上に黒地の上に金色の家紋が描いてあり、特注品に違いなかった。右京の着用防具は、学校予算で購入された大量生産のもので、その品質の差は歴然としていた。しかし、「防具で試合をするわけではない」と右京は思った。そう思った時、「我ながら余裕があるな」と苦笑いをした。試合にまさに臨もうとしている時に、着用している防具の善し悪しなど考える者などいるはずがないからである。そして、右京は「おれは意外と落ち着いている。勝てる」と自身に暗示を掛けた。

右京には他人に言えない秘密があった。稽古に打ち込み、激しい練習を重ねるうちにある疑問が湧いてきたのである。「今、自分がやっているのはスポーツ剣道で、本当の剣道ではないのではないか」という疑問である、実践剣道、すなわち真剣で相手を斃す、斬り殺す、または突き殺す剣の術とはいかなるものかを二年生の二学期頃から思い悩むようになった。そんな中で、「これだっ」と思ったのが「斬馬剣」という言葉であった。意味は「馬を切るほどの技」ということである。それ以来、右京は斬馬剣の練習を密かに始めた。どこの学校でも稽古の補助具として古タイヤの吊り下げた物が用意されている。この古タイヤへ向かって打込みや素振りの練習をしている。右京も当然ながらその練習を行っていた。しかし、それは形だけで、彼はその古タイヤを馬の胴体、あるいは首に見立て、切り落とす稽古をやったのである。その稽古を通し、十本の指、肘、肩、腰、膝、足首、つま先が運動の要点であり、この要点を結んだ線が機能線であり、この機能線をいかに有効に連動させ、そのエネルギーを焦点化し、力とするかが肝心であるということを悟った。元より十四歳の少年の思いつき、口外したとて一笑に付されるか、変人扱いで終わるのがせいぜいである。だとしても、右京は「殺人剣の練習をやっている」などとはおくびにも出さず、黙々と稽古を続けていた。右京は、二年生の九月以来からの「斬馬」の成果を市の大会、県の大会で試したいと、密かに心に決めていた。

右京と試合相手は蹲踞の姿勢で互いの竹刀の切っ先を合わせた。相手の目に己の視線を合わせる。相手は睨み返してきた。右京も負けじと睨み返した。「始め」という主審の掛け声に両者は立ち上がり、さっと間合いを取ると正眼に構えた。構えると同時に右京は「チェー」という気合いを発した。相手も負けずに気合いを発してきた。その時、相手が目を瞑るのを見逃さなかった。右京はもう一度掛け声を発した。相手も返してくる。やはり、目を瞑っている。右京は正眼の構えの竹刀をやや上にあげ、竹刀の先を相手の喉元につけ、はた、と相手を強く睨みつけた。突きは中学生には禁じ手であったが、相手の意表を突き慌てさせようという右京の作戦であった。そして、一歩前に歩を進めた。果たせるかな、相手はその動きに押され一歩下がった。下がった相手の喉元めがけ、竹刀をついと突きだした。相手は竹刀を払いに出てきた。右京は己の竹刀をくるりと回転させてその動きを外した。相手の目が上下に動いた。そして、相手も竹刀を前に突きだしてきた。瞬間、右京は「チェー」という掛け声と共に竹刀を上段に移動し、さらに一段と高い気合いを掛けた。相手もそれに応じ、負けずと高い掛け声を出してきた。目はやはり瞑っていた。その瞬間を右京は見逃さなかった。「イエー」という掛け声と共に右前足を踏みだし、踏み出した足で床を蹴った。その時既に右京の竹刀は相手の面上寸前にあった。相手は避ける間もなかった。パンという乾いた音が体育館に響いた。

主審、副審の白い旗がさっと上がった。そして「一本」という主審の声が響いた。同時に、右京の自陣から大きな拍手が湧き起こった。しかし、右京は「調子に乗るな、まだ勝負は決まっていない。これからだ」と、自らを諫めた。同時に、唇を噛んだ。「叩くのではなく、切り落とす業」、即ち、斬馬の剣を実行すべきだったのだ。しかし、それをやったら、右京はいたずらに自らの胴を相手に差し出すだけだった。彼の自己流斬馬の剣は、あまりに稚拙だったのだ。それを瞬時に理解した右京は、褒められるべき選手ではあった。右京は思い切り胸を叩き、己を叱咤激励した。

相手の席からは「二段打ちだ」と声が飛んできた。さらに「稽古を忘れるな」と、掛け声が掛かってきた。恐らく相手顧問の先生からに違いなかった。

二本目が始まるや相手選手は声を張り上げて気合いを出し、盛んに剣先で牽制をしてきた。さらに両足を前後に踏み出したり、後退させたりしてきた。落ち着きないその動作に「焦っている」と右京は判断した。右京は正眼に構えるとじっくりと相手を見据え、その動作を窺った。相手は、間合いを詰めることもなく「コテ、メン」と続けざまに攻撃して来た。右京は「ははぁん」と思った。「二段打ち」「稽古を思い出せ」という顧問の掛け声は「稽古で練習した二段打ちをやれ」ということだったのだ、と納得した。右京は相手の動きをさらにじっくりと見た。相手が籠手から面打ちに動作が動いたとき相手の竹刀が伸びきっていた。しかも顔は上がり、目は完全に天井を見ていた。さらに胴はがら空きであった。これなら「胴が打てる」と確信した。しかし、「一発で決めなければ」と思った。失敗すれば、相手に自分の攻撃法を教えることになる。そうすれば警戒し、同じ攻撃法を食らうことはないだろうと思ったからである。そして「やはり斬馬の剣は使えない」と思った。

右京は敢えて後退した。相手が二段打ち攻撃をしかける度に一、二歩と退き、あるいは横に避けた。その動作が二度続いた。さすがに相手は間合いを詰めてきた。三度目の攻撃が来た時であった。右京は歩を動かすことなく上体を少し折り、身を沈めた。読んだとおり相手は籠手を空ら打ちに来、ついで竹刀を大きく振りかぶった。「今だ」と右京は心の中で叫んだ。沈めた身体をバネにし、体重を右足に載せ、その右足で強く床を蹴った。腕を畳み、竹刀を左後方肩の上に載せ、沈めた身体ごと相手の空いた胴にぶっつけ、思いっきり竹刀を水平に払った。「バーン」という音が試合場に響いた。審判委員たちの白い旗がさっと上がった。見事に「抜きドウ」が決まったのである。一本目のメン、二本目のドウと、大技二本で右京は試合を決めたのであった。自席に戻り面を外し、被っていた手拭いを外した。面で押さえつけられていた汗がどっと噴き出して来た。右京はその汗が誠に心地よく感ぜられた。初めての経験であった。

「努力は嘘をつかない」という言葉が自然に脳裏に浮かんで来た。ただ、斬馬の剣を使えない未熟さを恥じた。もし、斬でなく、突きならば使える可能性は大いにあった。だが、突きは、一歩間違えれば相手に取り返しのつかない傷を負わせることもある。まして稚拙な技の突きである。相手にどんな重大事をもたらすか分からない。自重したのは右京の成長かもしれなかった。

右京の中学三年生の夏、秋はこうして終わった。右京はこの後、部活動に一切顔を出さなかった。しかし、「高校では剣道部に入り、全国大会優勝を目指す。いずれ本物の剣士になる」という決意、願望はますます強くなっていった。

3

Y少年は昭和十八（一九四三）年二月二十二日生まれで、右京とは同年の生まれである。右京は九月二十日生まれであるので、同年でも一学年下になる。少年は「東京都台東区谷中初音町で出生致しました」と供述している。ところが、彼の父親が警視庁に呼び出され、息子についての調書を取られた際、「生まれたのは下谷の入谷です」と答えている。調書を取った警部補の警察官に息子の供述書との違いを指摘されると、「それは産院です」と答えた。

昭和十八年にはかなりの数の子どもたちが生まれているはずである。十七年後、どれだけの子どもたちが自分の生まれた産院を記憶しているであろうか。恐らくほんの一握りに過ぎないと思われる。また、産んだ当人である母親すら出産の産院の住所はほとんど記憶していないのではないかと思われる。Y少年の記憶力のすごさが窺い知れる。同時に彼の父親もその産院の住所、そして、少年の生年月日を正確に記憶していることに感心せざるを得ない。

Y少年の父親は、戦後インドネシアから復員すると、国税庁の役人となった。その後、少年が小学校三年生頃に警察予備隊に異動し、一佐に昇進する。旧軍の呼称で言えば大佐である。

父親は子どもたちのしつけに対しては厳しく「私は躾については一理屈を持っている」。「年配者に対して失礼なことをすれば尻をむかれてピシンとやった」と述べている。Y少年の兄は「父親に殴られている幼児時代の自分たちの姿がいくつもある。多くの場合、それは礼儀に関」してだったと述べている。父は、「自由主義者」を標榜し、「礼儀作法を守ることは自由主義の第一歩」という信念を持っていた。

この父のしつけを当時に照らして見た場合、厳し過ぎたかといえばそうとも言えない。右京が育った東北の農村地帯では、子どもに対する体罰は日常茶飯事であった。そして、ほとんどのおとなたちはそれを体罰、暴力などとは考えず、当然のしつけと考えていた。

少年の父は東北帝国大を卒業し、自費出版ながら著書二冊を持つインテリであった。妻を「あなた」と呼び、子どもたちに寝物語で戦国時代などの昔話をしてくれるような父親だった。少年は小学三年生の頃、ターザンの映画が大好きであった。そして、「供述調書」の中で、「ターザンの映画が来ると全部といってよい位父にねだって見にいった」と回想している。もし、このような友人が身近にいたとしたら多くの少年は羨むこと必定だったろう。しかも、勉強も教え、大学に編入した後には教科の中国語修得のために、ラジオ講座での英語や中国語の学習を勧め、テキストさえ購入してくれている。単なる「しつけに厳しい父親」ではなく、子に対する強い愛情を秘めていたように思える。

このような父のしつけもあってか、Y少年の「礼儀、言葉遣いは折り目正しく」、彼に接したおとなたちを感服させていた。しかし、その反面、愛国党に入党して以後、デモや集会に対する攻撃は「凶暴」といえるほど激しくなっていく一方であった。

父親はその仕事柄転任が多く、少年が中学二年時には札幌に転勤している。昭和三十三年四月、少年は札幌にある私立光星学園高等部に入学する。

当時、教職員の勤務評定、道徳教育の反対闘争が盛り上がっており、少年は日教組への反発を強めている。その反発の内容というものは、概ね次のようなものであった。

「日教組が勤評、道徳教育反対闘争を全国的にやり、先生が授業をやらないでデモをやったり、ストをやったりするので、先生を指導している日教組に反発を感じた」。デモや同調的に報道する新聞に対し、憤りを持つ。そして、「どこかの右翼団体に入って反共運動をしよう」と思うようになるのである。Y少年十五歳、高校一年生の一学期頃のことである。

入学した年の八月、やはり父親の異動で練馬区の官舎に転居。Y少年は、父の恩師である小原国芳が学長を務める玉川学園高等部一年に編入学する。少年は、二学期の始業式から感激した面持ちで帰宅する。「小原先生の話を聞いて終わって時計を見たら三時間かかっていた。終わったら身体がこわばって痛かったけど、聞いている間は全然気がつかなかった」と父に述べている。父親は「すっかり安心というより喜んでしまった」のである。

Y少年は玉川学園のことを「ミッションスクールの部類に入る学校で、幼稚園から大学まであり、上級生と下級生の間は兄弟のような家族的雰囲気で授業を自由選択でき、一応単位だけ取れれば、後は自分の好きな授業を自由に受けられ、個性を生かして伸ばしていくという教育でした」と評価している。

また、小原学長の話については「『道徳教育は必要で日教組の生き方は間違いである。教育勅語は復活すべきである』と、右翼的な臭いのない話し方で、日本人としての人の道を教え、個人的にも魅力のある方で、私が過去に通学した学校では、一番気持ちにぴったり合った学校でした」と。

少年の言葉の通り、彼が過ごしてきた学校生活の中で、この玉川学園が最も快適であったのである。しかしながら、彼は後にこの玉川学園から自らの意思で去っていく。

Y少年は動物好きであった。中学校では山羊を、玉川学園では鶏を熱心に飼育した。「この動物に対する優しさは祖母にも向けられ」、「祖母が散歩から遅くなると必死で町中を探し歩く」ほどであった。しかし、学校では友人が少なかった。それは短期間で転校を繰り返した、ということが主たる要因であったと思われる。小学校で一回、中学校で二回、高校で一回の転校があった。

　中学校では入学した渋谷区立代々木中学校にはわずか七ヶ月ほどしか在学せず、その後杉並区立和田中学校へ転校している。この学校も在学期間はわずか四ヶ月ほどでしかない。二年生時には札幌市立柏中学校へ転校している。高校では札幌市にある私立の光星学園高等部に実質四ヶ月ほどしか在学せず、八月に玉川学園に編入学している。

「私の性格はどこへ行ってもそこの環境に馴染む方なので転校で苦痛を感じることはなかった」と少年は述べている。確かに小学校の時の級友の一人は彼のことを「物真似などをしてよく人を笑わせていた」と話している。また、中学校の級友も「快活だった」と述べている。

　中学生や高校生時代というのは、一般的に生徒同士の結びつきが非常に強くなる。友情というものが大切にされる時代である。それだけに自我の形成には友人からの影響が大きい。親にも先生にも話せないことを友人にだけはそっと話すとか、女の子についての際どい話も友人だからこそ話せた。こういう経験は多くの者にはあったはずである。しかし、Y少年には秘密を打ち明けたり、気楽に内緒話ができた友人はいたのだろうかと疑問に思う。

　他方で、彼は政治的な問題については強い関心を持っていた。何しろ小学校四年生の時には新聞を読み、ソ連や共産党、社会党、労組などの活動を批判し、非難していたのである。尋常な子ではなかった。中学生になってからもそのような考えはますます深まっていった。中学三年生のころには「左翼のデモに行く」先生を「怪しからんと思い」、「先生はどうしてデモに行くのか、先徒とデモとどちらが大切か」と詰問さえしている。非は先生側にあった。さすがに先生はこの問いにはまともには答えられず「戸をピシャリと締めて出て行った」のである。先生の心中は「やられた」と思う一方、「小生意気な小僧め」という憎しみが強く生まれたに違いない。

高校生の頃には彼は「左翼の日本赤化を阻止する運動」を実行することを真剣に考え始めている。このような強い意思、考えを持った者が、たとえ教師との論争があったとしても安易には妥協は出来なかったのは当然のことであったろう。この頃の日本の社会では政治的な問題に事欠くことはなかった。教育分野では道徳教育問題、勤務評定問題、社会問題では警職法改正、さらには安保改正問題と目白押しであった。当然、社会科の授業などではこのような問題も話された。

しかし、こういう政治的な問題になると、普段おとなしくみられていたY少年は、一歩も引くことがなく持論を展開した。その論旨は整然としており、教師側もたじたじとなったに違いない。そのような少年に対し「一本筋が通っている」と評価する同級生もいた。だが、ムキになってとも見える反論に、教師側、特に若い教師の中には「小生意気な右翼野郎」と舌打ちをしていた者もいたのも事実であった。

こういういわば孤立無援のような状況では、多くの場合、人はより頑なになり、また闘争的にもなって行く。彼は昂然として「再軍備賛成論」を説き、「警職法改定擁護論」を陳述した。

このような姿を見た級友たちはＹ少年に対し距離を持ち、敬遠するようになったのもいたしかたなかったことだろう。

元より、Ｙ少年は感受性が豊かで、繊細な感情を持つ少年であった。彼がこのような冷たく疎遠と思える雰囲気を目ざとく察知し、「周囲から浮いている」と自覚したことは確かであろう。しかし、彼はそこで怯むことはなかった。同世代の少年たちとは違って、彼の心には「大義」が既に形成されていたからである。そして、彼はその大義を実現するためまっしぐらに進んでいくのであった。友人は少なく、教師からは疎んじられていた彼の心の中では、大義は純粋培養的に肥大していったのかもしれない。

4

仙台高校に入学した右京は翌日の放課後、直ぐに体育館に向かった。バスケット部が体育館の半分ほどを使って練習をしていた。部員の数も多く、練習に活気があった。後に分かったことであるが、前年のインターハイでは全国大会に出場していた。県内でも有数の強豪チームであった。後の半分ではバトミントン部とフェンシング部が窮屈そうに練習していた。フェンシング部も市内ばかりか県内でも名のとおったチームで、過去幾度か全国大会に出場していた。しかし、右京の目にはこれらの部活動は全く入ってこなかった。ひたすら剣道部の練習風景を探した。限られた空間の体育館である。剣道部があるかないかは直ぐに判別できた。「剣道部は体育館で練習はしていないんだな」と即座に判断した。右京にすれば中学校での練習場所が体育館であったがため、そのことしか念頭になく、てっきり高校も同様と思い込んでいたのであった。

「ははあん、剣道道場があるんだな。さすが高校だ」と納得し、感心した。彼は、校舎探検を兼ねて探してみようと、体育館を出た。校舎は体育館の北側に平行して位置している。向かって左側が新館、コンクリート建て三階、新館と本館の間に木造二階建て校舎がある。この一階には麺類を提供する学生食堂があった。本館の一階には職員室、校長室、保健室、そして宿直室があった。いわゆる管理棟である。この本館の東端に続くのがやはり二階建ての木造校舎であった。ここには柔道部やレスリング部などの格闘技の部室兼練習場があった。この位置関係は校舎説明で説明を受け、なぜか右京はそのことを記憶していたのだった。

受身で畳を叩くであろうパンという軽やかな音が廊下まで響いていた。やはり柔道場があったと、右京はひとり頷いた。近づくにつれ、部員たちの掛け声や受身の音などが鮮明になっていった。右京はほっとしながら挨拶の言葉を口の中で繰り返した。しかし、道場の入り口に来ても剣道練習の甲高い気合いや、竹刀の打ち合う乾いた音が聞こえない。右京は不安になってきた。

「一体剣道部はどこにあるんだ」と、怒りさえ湧いてきた。そんないらいらに近い気持ちで柔道場を過ぎた。隣はレスリング部であった。レスリングの道場の隣は生徒会の会議室であった。

それを知った時、右京は絶望的な気持ちに陥ってしまった。しかし、未だ一縷の望みを捨ててはいなかった。思い切ってレスリング部の引き戸を叩いた。叩いても返事は返ってこなかった。当然のことであった。だれもドアを叩いて入る者などいなかったからである。また、練習に熱中してる場合などは、扉を叩く音など聞こえもしなかったのである。そんな事情を少しも知らない右京は、さらに遠慮がちにドアを叩いた。この時は右京に幸いした。たまたま休憩を取ろうと組手をほどこうとしていたキャプテンの中林の耳に、その音が届いたのであった。

「ハーイ、開いていますよ。どうぞ」という太い声が返ってきた。右京は半身が入るほどに恐る恐る戸を引いて「失礼します」と言った。むっとした汗臭い臭いが右京の鼻腔を襲ってきた。そんな汗臭さは右京にはお馴染みであったはずである。しかし、半年ほど剣道の練習から遠ざかっていた右京に、それは異臭に変わっていた。一瞬たじろいだ。真新しい制服を来たそんな右京を中林は直ぐに新入生と分かった。

笑顔を微かに浮かべながら「おう」と先ほどよりさらに太く、大きな声で応え、そして、「入れよ。遠慮するな」と続けた。彼の盛り上がった筋肉の身体の下には練習相手がマットの上に組み敷かれたままであった。押さえ込んだ姿勢のまま顔を右京に向けた。

「入部希望者か」と、問い掛けてきた。その大きな声に右京はつられ「はい」と応えた。

「ありがとな」

中林先輩は顔をほころばせていた。

「おまえが新部員第一号だ。しっかり鍛えてやるから安心しろ。一年も経たないうちに筋肉隆々の身体になるよ。とにかく大歓迎だ。何しろ我がレス部は、オリンピックで銀メダルを取得した先輩を持つ伝統あるクラブだからな」

しかし、先輩の話を聞きながら、右京は自分の勘違いに気付いた。

「すみません。入部ではなくちょっとお尋ねしたいことがあって来ました」

中林は明らかに失望した面持ちであった。

「何だ、入部希望者ではないのか。それではどんな用事なんだ」

他の部員たちも練習を休め、成り行きを注視しているようであった。

「あのう、実は」

右京が遠慮がちに話を切り出すと、

「はっきり言え」

と声が飛んできた。

ここで気持ちを萎縮させてはならないとぐっと拳を握りしめた。

「すみません、剣道部を探しているんです。剣道部はどこでしょうか」

一瞬、練習場内がシーンと静まり返った。

「剣道部はないよ。残念だけど」

中林が気の毒そうに答えた。

「ないんですか」

右京の声に力がなかった。

「どうしてないんですか」

「どうしてって言われても困るんだけど、ないのはないんだよな」

右京は愚問を発してしまったと顔を赤らめてしまった。しかも、こんな愚問に怒鳴りつけられても当然であるのに、先輩は丁寧に応えてくれている。そのことに感謝したかった。

「せっかく剣道部に入部したくて訪ねて来てくれてありがたいが、そういう事情だ。まあ諦めるんだな」

「いえ、親切に教えてくださいましてありがとうございます。それでは失礼します」

右京は深々と頭を下げた。そんな右京に、中林はやわらかな声を掛けてくれた。

「力落とすなよ。まあ、気が向いたらまたレス部に遊びにこいや。選手ばかりでなくマネジャーも募集しているからね」

「また来いや」

と中林の声に他の部員の声も続いた。

右京はキャプテンや部員たちの優しい心にふれて涙が出そうになった。そして、「仙高はいい雰囲気の学校だ」と心が温まる思いであった。しかし、そう思う一方で、むかむかと腹が立ってくるのを抑えようがなかった。そして、「剣道部がないなんて信じられないよ」と、ぶつぶつと不満を漏らしながら下校の途についた。手に持つカバンがいやに重く感じられた。

右京の夢、「日本一の剣士になる」という夢は呆気なく潰え去ってしまったのである。右京は登校の意欲さえ減少してしまった。そして、彼は自分を激しく責めた。剣道部のあるなしぐらいは、受験する前に確かめておくべきだったと。もし事前に仙高には剣道部がないことを知っていたら、絶対に受験しなかったはずなのである。

しかし、右京が元来持っていた好奇心、さらにレスリング部の先輩たちが示してくれた優しさが彼を救ってくれた。この時期まだ友人もおらず、放課後、図書館に行く以外何もすることがなかった彼は、しばらく学校の様子を探ったり、部活の様子を見てみようと思った。その上で気に入った部があったら入部しようと思ったのである。見学した部の中では生物部、美術部、フェンシング部に興味を持った。生物部の顧問は右京が受けている生物の授業担当の庄司先生であった。先生はなかなかユニークで、授業もほとんど実験や実習が中心であった。先輩の話によると試験も教科書、参考書の持ち込み自由であるという。また、後に分かったことではあるが、詩人で同人誌の主宰もしていた。部員たちも自由に研究や調査をしているようで、右京はだいぶ心が動かされた。しかし、何といっても心惹かれたのは美術部であった。右京はこれまで水彩画の展覧会で受賞の経験があり、絵を描くことは好きであった。しかし、油絵には無縁であった。だが、美術室を訪れていた時のことであった。その時は、たまたま担当の桜井先生しかいなかった。右京は桜井先生の美術の授業を受けていたので、先生のことは既に知っていた。しかし、先生は右京のことは知ってはいなかった。先生からすると全くの初対面である。右京がドアを叩くと「どうぞ」という先生の声が返ってきた。右京はドアを開けると油絵の具の匂いがプンとした。白髪交じりでウエイブのかかった髪が肩辺りまであった。背広の肩辺りに白いフケが散見した。

「どうしたの」

先生は薄い唇を開き、小さな声で尋ねてきた。

「ちょっと部活の様子を聞きに来ました」

右京は正直に答えた。

「部員たちは隣の美術教室か写生に行っていると思うよ」

「ありがとうございます。でも、よろしければ先生から直接お話を伺いたいのですが」

「ああいいよ。そこの隅にある椅子を持ってこちらに来て座りなさい」

突然の来訪にも拘わらず、先生は極めて丁重に対応された。しかも、従前から知っているかのようにざっくばらんな口調であった。

右京は心の内で「まるで旧知の人を迎えるようなもてなしかただな」と感激してしまった。先生は「学校の雰囲気に慣れたか」とか、「どんな画家が好きなのか」などと、右京の学校生活の様子などを聞いてくれた。右京は先生から問われるままに素直に答えた。右京は先生の好意に甘えて「剣道部のないこと」を尋ねてみた。

先生は「ウーン」としばらく天井を見詰めて口を開いた。

「それはね、戦争に負けたことに関係するんだよ」

右京が全く考えも及びつかない返答をしてきたのである。

「戦後ね、日本伝統の柔道や剣道を学校で教えることを禁止する通達がGHQから来たんだよ。これらの武術は日本の軍国主義・侵略主義と密接に結びついた悪だとね。無茶なこじつけこに極まるだよ。実にけしからんことだった。その後、その通達は解除されたが、仙高では解除後も剣道部復活の機運や指導する先生もなく、今日まで来たというわけなんだよ」

「なるほど」

右京は深く頷いた。と同時に、戦争の影がこういうところまで及んでいたことを知り、改めて驚いた。そして「剣道部は諦めるしかないな」と再び思った。

「右京くん、せっかく希望を持って入学したんだ。きみのためにもこれから入学してくる後輩のためにも、きみが卒業するまでに部を創るといいよ」

その話を聞いて右京は思わず「えっ」と声を上げてしまった。

「そんなことできるんですか」

右京は思わず目を丸くしてしまった。

「それはきみの気持ちと努力次第だよ。いずれにしても最初は同好会からのスタートになるけど」

桜井先生はいとも簡単に言うのだった。

右京は額の皺が深くなった先生の顔をまじまじと見つめた。そして「この先生は教えるだけの先生ではない。生徒の立場で考えている先生だ」と、心底から感心した。生徒ばかりか、教員にとっても厄介ごとであるはずの創部をいとも簡単に生徒に勧める、まるで近くの駄菓子屋から煎餅でも買ってくるような言い様である。右京は、これからの生きる指針をも与えられたような気持ちであった。そして、この時の桜井先生の助言を右京は忘れることはなかった。二年後、右京が三年生の時に、中学校の剣道部の後輩数人を含め、十人ほどで剣道愛好会を発足させることができたのだった。

「先生、美術部入部は少し考えさせてください。でも時々先生にお会いしたいのでこちらに伺ってもよろしいですか」

右京は厚かましいと思ったが先生に頼み込んだ。

「ああいいよ。いつでもおいでよ」

桜井先生は右京のこの厚かましい願い事に笑顔で応えてくれた。このことを契機に右京は再び希望を持って学校生活を送れるようになった。もちろん桜井先生詣でも欠かさなかった。とにかく先生といると気持ちが安らぐのだった。中学校で持てなかった、何でも相談できる「恩師」と呼べる先生を入学早々に持てたことは、右京にとって最大の喜びであり、幸せなことでもあった。

右京はしばらく「帰宅組」として授業終了後、真っ直ぐ帰宅したり、校内をぶらぶらしたり、時に図書館で読書にふけったりしていた。五月末、爽やかな日であった。なまった身体を少しでも鍛えようと徒歩で帰宅する試みをした。学校から自宅まで二時間近くはかかるだろうと思われた。しかし、「疲れたら市電に乗ればいい」という極めて安易な気持ちで歩き出した。自宅まではほとんどなだらかな下りという地勢である。午後三時半ごろではあったが、珍しく風もなく、暖かな陽気はたっぷりと残っており、歩くにはもってこいであった。西公園の前を過ぎ、大町の交差点にかかった。この交差点を右に折れれば広瀬川に掛かる大橋があり、その先には仙台城趾がある。左に折れればケヤキ並木で有名な青葉通になり、その通りの突き当たりは仙台駅である。右京はどちらにも曲がらず真っ直ぐ進んだ。この大町交差点から仙台高等検察庁にかけては大きな勾配のある下り坂である。自然と歩幅が大きくなっていった。前方には評定河原野球場の一部が垣間見えた。球場のすぐ脇を広瀬川が大きく蛇行しながら流れている。陽光にきらめいて軽やかな音を立てて流れるせせらぎが目に浮かんでくる。右京は何か身体の中から余分な力が抜け、風が身体を吹き抜けていくような感じがした。身体が軽くなり、全てから解放されたような気持ちになった。「幸せってこういうことか」と、うれしくなった。市電の検察庁前停留場が目に入った。そして、何気なくその視線を右の方に移した。片平丁通に入る角に縦一メートル、横三十センチほどの立て看板が目に入った。風雨にさらされて来たその木地には文字が見える。少し滲んでおり、遠目にようやく「抜刀術指南」という墨文字が見えた。右京ははっとなった。そしてにわかに動悸が激しくなった。無意識に足がそちらへ向かっていった。「指南」という文字の隣には小さく「道場はすぐ裏　主・伊東齊吾」とあった。右京はその言葉に従って片平丁通に入った。すぐ横道があり、その横道に入るとまた看板があった。先ほどの看板の一・五倍ほどの大きさであった。「蔭流　抜刀術指南道場」と、堂々たる文字であった。筆勢に躍動感があった。右京はその字を見てうれしくなった。右京のような少年にも判読できる字体の楷書であったからである。平屋の家はかなりの年月経っているようであった。瓦や壁のくすみ具合からそれと知れた。しかし、玄関前から南に続く庭の樹木はよく手入れされていた。形の良い古木の梅は透き通るような緑の葉を一杯に茂らせ、ビー玉のような大きさの実がその葉の間からいくつも見えた。

玄関の格子戸を開いた右京は奥に向かって「ごめんください」と声を出した。しかし、その声は、吸い込まれるように奥に消えた。「長い廊下だ」と右京は思った。七、八メートルはありそうであった。返事がなかった。声が届いていないと思った右京は、下腹に力を込めて叫ぶように再び声を出した。すると、奥の扉が開き、甚平のような着物を着た男性が「おう」と言いながら姿を現した。総髪の髪は肩まで伸び、頭は手拭いで覆っていた。藍色の足袋をはいた足が床を滑るように進んできた。背筋の伸びた姿勢には寸部の隙も見えなかった。鼻が高く目の窪みは深い。その眼窩（がんか）の底の眼球が静かな光を含（も）って右京を見ていた。しかし、「銘酒　浦霞」と書かれた洗いざらしの前掛けが何かユーモラスさを醸し出していた。右京は五十歳ぐらいかなと思った。後に四十五歳と知った。

「こんにちは、看板を見て伺いました」

「それで」

とだけ応え、先生は口を結んだ。しかし、眼は右京から離してはいなかった。

「渡辺右京と申します。伊東先生は私のような高校生にもご指導くださるのですか」

「きみはどこの高校だ」

「はい、仙台高校です」

「なに、仙台高。あそこの高校はけしからん」

いきなり叱り付けられ、右京は腰を引いてしまった。叱られる原因が皆目見当がつかない。

「どこがいけないところなんですか」

右京の声が少しうわずっていた。

「剣道部がないことは男子校として恥ずかしい。剣の道には日本人の魂が宿っている。きみはそう思わんか」

立腹の原因は「剣道部がないことだ」と知ると、右京の気持ちは直ぐに鎮まった。と同時に、「けしからん」という先生の言葉には「我が意を得たり」の思いであった。急に先生との距離が縮まったような気がした。

「きみはなかなか優秀だ」

「どうしてですか」

「けしからん」の後の「優秀だ」である。先生の話には飛躍があり過ぎ、次に何が飛び出してくるのか予測がつかない。右京は思わず身構えた。

「わしの名前をしっかり覚えて玄関に入って来ている。大概は、看板の「抜刀術指南」のみを記憶して入って来るだけだ。中にはそれさえ覚えていない者もいる。武術を学ぶ者は常に周りの状況を頭に入れて、最も肝心なことを捉えて行動せねばならん。まず退路、そして相手の力量と頭かずである。武芸者の初歩である。きみは若いながらにそれができている。見込みがある」

門扉を開き、玄関に入るところから入門試験が始まっていたとはさすがに右京も思いもしなかった。しかし、先生の言葉は一つひとつが簡潔で分かりやすく、話をしていて楽しい。その楽しい気持ちが右京を饒舌にさせた。看板を見たときから疑問に思っていたことを口にした。

「ところで先生、抜刀術と居合はどう違うんですか」

「まあ、そんなに急くんじゃないよ。まずこちらに入りなさい」

そして、先生は上がり框（かまち）のすぐ右横にある引き戸を開いた。そこは道場であった。広さは五十畳ほどである、と右京は推測した。道場としては広い方ではなかったが、しかし、個人としてこれだけの広さを維持していくのはなかなか厳しいはずである。

「ところで今のきみの質問は核心を突いておる。居合は言葉のとおり相手の攻撃を躱（かわ）し、時に相手の動作を利用して斃す。いわば防御の剣術である。これに対し、我が流派の抜刀術は待して討つか、追って斬るかの攻撃のみである。分かったか」

恐らく先生は、右京が充分理解していないことを見越していたに違いない。それは先生の口元がわずかにほころんでいたことからも知れた。

右京は先生の言葉を噛み締めつつ「いわば全方位剣術だな。いや、攻撃本位の斬撃」と理解した。そして、「分かりました」と小さく頷いた。

先生は道場の真ん中に誘い、座るように命じた。右京は正座をすると、先生は正面に向かいうやうやしく礼をした。

正面の床の間の左右には「剣身不二一如（けんしんふにいちにょ）」と「蔭流本邦第二」という軸がそれぞれ掲げてあった。真ん中には大きな達磨の絵があった。

右京は「あれっ」と思った。「剣禅一如」はよく聞くが「剣身一如」という言葉は初めて目にしたからだ。

「先生、『剣身一如』とはどういう意味ですか」

思わず問いかけてしまった。

「きみは質問の多い子だね」と言った。そして、笑みを浮かべながら言葉を続けた。

—若いのによく気がついたな。まさにそれが蔭流の神髄じゃ。奥義といってもよい。蔭流は元々藩の始末役を務めておった。その役目とは謀反など藩への重大な犯罪を起こした者などを隠密のうちに処罰することである。これは全て秘密裏に行われた。汚れ役であり、嫌われ役でもあった。しかし、藩政には絶対に欠かせない職掌であった。従って蔭流は戦前までは表には出ず、ひっそりとその武芸を磨き、伝承してきた。「剣禅一如」とか「剣心一如」などの禅問答のようなものは一切なし。ひたすら剣の術を極めんと精進するのが我が流派の掟である。今流の言い方をすればリアリズムであり、実践の剣だな。そして、極めて至るところが「剣身不二一如」である。剣と身体は別物、対立するものといってもよい。身体にとって異物である剣を掌中のものにするためには鍛錬しかない。「鍛」とは日に千回行うこと、「錬」とは日に万回行うこと。そうして初めて「剣を身体に」「身体を剣に」という現象的には対立する二つを一体化することができる。これが我が流派の目的、即ち奥義ということだ。今の世ではこんなこと言っていたらだれも弟子にはならん。しかし、本来の剣術は敵を倒すことが目的で、それ以外の何ものでもない。だが、時代の流れで「心身の鍛練」とか「心の修業」と精神論が言われてきたが、これはあくまでお飾りじゃ。本質は殺人剣である。相手を必殺するための術を極めることである。このことをよくわきまえれば、いたずらに剣をもって人を殺すようなことは避けるようになる。どうだ、これでも我が流派を学びたいか。――

深い感動が右京の身体の中にじわりと広がっていった。と同時に、長年喉元につっかえていた棘がするりと取れたように感じた。中学校で三年間剣道に励むうちに湧いてきた疑問「スポーツ剣道で満足か」という問いであり、「今、習っているこの剣道が本当の武芸か」ということであった。スポーツとしての剣道ではなく武芸としての剣術を学びたい、そうすれば剣士の心に近づいていけるのではないかと思っていたのである。右京の考える「剣士の心」とは「常に清廉潔白で、剣の修練にいそしむ」ことであった。これは青少年期にみられる夢想的な求道主義であった。しかし、伊東先生の言葉で右京は、長年の疑問が氷解していったのである。自分が求めていた斬馬の剣がこの伊東道場にあったのである。右京は喜びで震える思いであった。必死に稽古をし、右京流斬馬の剣を樹立しようと決意したのである。

「先生、お願いします」

そう言うと右京は改めて座を正し、頭を床に接するほどに深々と下げた。

「許す」

先生は即座に答えてくれた。

「稽古料は」と問うと、

「右京くんは高校生だからな、それに剣術に対する思いが深そうだから月に千円、いや五百円でよい。但し、その代わり道場の掃除だけはきちんとやってくれ、頼むよ」

右京はようやく自分の居場所をみつけたような気がした。「捨てる神があれば拾う神もありだ」。世の中はよくしたものだ、と右京つくづく思った。こうして彼は蔭流の道場に週二、三回通うようになった。

しかし、伊東先生はあまり指導はしてくれなかった。攻撃の「切る、突く」と「払う、叩く」の防御の基本動作を教えてくれただけであった。右京は「千回の鍛、万回の錬」を心の中で唱えながらひたすら型の練習を繰り返した。

その稽古が二ヶ月ほど続いた後であった。久し振りに道着になった先生が道場に姿を現した。

「だいぶ型が様になってきたな。基本の四動作について話すからよく聞きなさい」

先生は続けた。

「『切る、払う』は円動作、腰を軸にして刀の遠心力に従い振り下ろし、そして、絞り止めなさい。『突く、叩く』は直線運動。腰で刀を絞り込む気持ちでやりなさい。そうすれば柄を握る手は自然に絞られる」

そして、型をして見せながら教えてくれたのだった。道場の門人は総勢二十人ほどであった。右京を除くと全員成人で、しかも勤め人であった。彼らの稽古はほとんど土、日、祝日で平日は少なかった。行うにしても六時以降であった。したがって、右京が稽古する四時以降は彼ひとりであった。

次に先生が教えてくれたのは足裁きと腰の使い方であった。

「剣術と剣道の大きな違いは足裁きにある。剣術は摺り足が基本である。跳び上がったり、ダンスのように足を細かく前後に動かすことはやらない。身体にエネルギーの溜まりを持ち、そのエネルギーを剣に与え、剣は相手の身体にそのエネルギーを爆発させる。実は刀には命があって自らの役目を承知しているんだよ。使い手はその刀に方向性と決めを与えるだけで良い。

決めとは振り下ろしたり、切ったり、突いたりした刀を絞り止めることだ。これらの身体の動きの基点は足であり、操作の根源は腰にある。剣道の足裁きや腰の使い方ではこの溜まりができないし、腰が身体運動の基軸となれない。動作は腰から始まるということを肝に銘じておくことだ。よいかね」

右京は十分な理解はできなかった。しかし、「はい」と小さく頷いた。先生はまた実技を示しながら教えてくれた。

「右京はなかなか筋がよい。鍛錬を続けるならばきっと奥義を極められる。がんばりなさい」

先生は励ましてくれた。

右京はよほど斬馬の剣について質問をしようと思った。しかし、彼は直感的にその質問は先生を怒らせると悟った。入門一月ほどの新米弟子が口にすべきではないことはさすがに右京にも理解が出来たのである。

道場に通い出してから五ヶ月ほど経った十月初めの頃であった。その日は授業が四時限であった。右京は食堂で昼食を終えた後に道場に向かった。いつもより早く稽古を終え、道場の掃除も終わり着替えをしていた時であった。先生が顔を出し、「仕事部屋に来るように」と声を掛けてくれた。仕事部屋は刀の研ぎ場であった。実は先生は研師(とぎし)でもあった。というよりこの研師の収入が先生の生活を支えていたのであった。板敷きの六畳ほどの部屋の棚には切手ほどの物から豆腐を縦に二つ並べたほどの大きさまでの砥石がずらりと並んでいた。また木製の桶には半分ほど水が入っていた。刀掛けには柄が取られた刀身だけの日本刀が三振ほど置かれていた。また、たくさんの鍔が板壁に飾られていた。

先生は直径一メートルほどの丸いちゃぶ台を引き寄せると「ここに座りなさい」と右京を招いた。そして、「頂き物だ。お八つの時間が少し過ぎたが食べなさい」と言いながら、最中を二つ置いた小皿とお茶をちゃぶ台に置いた。最中は「白松が最中」といって仙台の名物であった。小豆の粒餡が一杯に詰まって、甘さもほどよく右京の大好物であった。しかし、滅多には口には入らなかった。右京は昼食に大盛りかけうどん一杯を食べただけだった。右京のお腹はもう既に空腹であった。彼の意図とは別に右京の口の中にじわりと甘い唾液が充満し、しかも顔がほころんできた。

先生から特別に話があったわけではなかった。学校のことや将来のことなど他愛もない話が続いた。恐らく研ぎで疲れた先生が気分転換にと右京を誘ったのだろう。長く延びた午後の陽光が仕事場に一条の光を差し込んでいた。そんなゆったりとした部屋の空気に影響されたのか、不意に右京の頭の中に浮かんできたものがあった。

「先生、初心者と達人が真剣で立ち合って初心者が打ち克つ方法はありますか」

と、右京の口から言葉が衝いて出た。

「ある」

少しばかり間を置いて先生はぴしりと言い切った。

「方法は」

右京は恐る恐る尋ねた。

「方法は一つ、初心者が命を捨てること。そして、晴眼に構え肩の力を抜き、柄の握りはゆるくする。次に腰を軽く落とす。呼吸はゆっくり吸い、長く吐く。ところで、私が言うせいがんとは晴れたと、鋭い眼光の眼と書く。小さなことであるが大事だからね」

「はい、分かりました」と言い、同時に胸の中で「なるほど晴眼か」と反芻した。

右京は「蔭流晴眼の討ち」の構えと直ぐに理解した。いつの間にか右京の視線は先生の顔に張り付いたままであった。

「上段者は直ぐに初心者の力を見抜く。見抜けば刀を払ってくるだろう。牽制と圧力だ。しかし、その払いに抵抗してはならん。払われるに任せる。相手は再び右から払ってくる。初心者の刀はやはり右側に動く。二、三度この動作が続く。大概の強者はこれで相手を侮るに違いない。そして、ゆっくりと上段に構えるだろう。ここから肝心だ。初心者はこの時振り払われた刀を上段の構えに合わせ、晴眼に戻そうとする。相手はこの瞬間をまっていたのだ。この間延びした動作に、ここが勝機とばかりに一気に刀を振り下ろして来る。この時、絶対に眼を瞑ってならん。眼を見開いたまま落とした下半身の腹筋をぐいっと絞り、前に突き出す。その腰の動きに連動して柄の握りも自然に絞られる。絞り込むと刀は必ず前に突き出る。上段から打ち込んで来た身体のどこかにその剣は突き刺さるに違いない。うまくすれば喉元だ」

「それで初心者の方はどうなりますか」

「九割り方頭を割られる」

「ということは死ぬことですね」

「そうだ。元より生は望めぬ戦いだ。生を考えたら決して相手を斃せない。斃すという一心を刀に込める。これが『剣身一如』である」

「やはり突きなんですね」

「『突きに勝る先手なし』は、我が流派の祖師の教えでもある」

「相手を斃すには切るより突くのが優位なのですね。なるほど」

先生は右京の言葉には応えもせず、自身の言葉を噛み締めるようにし、しばし眼を閉じた。眼を開くと茶碗を手に取った。そして、それを押し戴くようにして口に運び、茶を含んだ。それを口中で味わうと、音を立てずに飲み込んだ。先生の喉仏が上下に動いた。そこに何か先生とは別な生き物が棲んでいるように右京には見えた。

わずかに差し込んでいた秋の陽は、すっかりと消えていた。夕刻の冷えた空気が部屋を押し包んでいた。

「突きに勝る先手なしか。稽古の中に斬馬の剣のほかにこの必殺の突きを加えねば」

右京はその言葉を噛み締めながら部屋を辞した。

世の中は安保条約の改定を巡り次第に緊迫感が高まっていた。しかし、他方で、明仁皇太子のご成婚や第十八回オリンピックの東京開催決定などの慶事も国民の大きな関心を呼んでいた。だが、これらいずれもが右京の関心の対象とはなり得なかった。右京の心を占めていたのは、馬を一刀のもとに斬り倒せる技倆・斬馬の剣を習得することであった。

しかしながら、右京の年齢十五歳を考えた時、一途に打ち込める目標を持ち得た、ということは賞賛すべきことでもあるかもしれない。

5

同じ年の五月一日のことである。Y少年の兄は愛国党員としてビラ撒きをしていた。その時彼は他の党員と共に検挙された。このことによって彼は家族にも愛国党員であることが知られることになった。これまでY少年は兄とは政治的な話をしてこなかった。しかし、兄が愛国党員であることを知って政治的な話をするようになった。このことを通してお互いの考えが合うことも知るようになったのである。

参議院選挙のさなかの昭和三十四年五月八日、新宿駅前公園で大日本愛国党総裁赤尾敏および浅沼美智雄の街頭演説会が行われていた。それを見かけたY少年は、その演説に聞き入ったのである。その演説の中で赤尾総裁は「若い青年は今すぐ立って左翼運動と対決しなければならない」と熱弁をふるっていた。Y少年はその熱弁に感銘する。彼はすぐに赤尾総裁や党員などに挨拶をし、宣伝カーに乗せてもらったのである。そして、新宿付近を回った。彼は赤尾氏の主義主張に全面的に共鳴するとともに、人物としての総裁に対しても好意を持てると判断した。そして、入党を決意したのであった。この決意には兄が党員になったことも微妙に影響していたに違いない。それにしてもその決断の早さには驚く。こういう気質はY少年の特性なのかもしれない。

愛国党の党是は「共産党、資本主義を打倒し、教育勅語を理念として天皇陛下を中心とした福祉国家を建設する。この目的のため現状ではアメリカを利用して共産主義を打倒する」というものであった。一口で言えば「反共愛国」である。

他方、Y少年は「日本は古来より伝統を生かして精神を基礎として物質面も豊かになる。唯心論優先の二元論でいかなければならない。資本主義は一応自由を認めているから現状においては共産主義を第一の敵として、資本主義を利用して倒さなければならない」と考えるに至っていた。これは十六歳の少年が独力で打ち立てた政治的主張である。彼は既に右翼としての行動規準を自らの手で確立していたのである。しかもこれは、愛国党の党是とぴたりと重なるのである。

少年の崇拝している人物は「天皇は絶対的なもので別になるが、アドルフ・ヒットラー、児島高徳、西郷隆盛、山鹿素行、吉田松陰など」を挙げている。全て歴史的人物である。また、それに加え「大東亜戦争で国のため子孫のため、富や権力を求めず、黙って死んでいった特攻隊の若い青年」も尊敬している、と述べている。いずれも実践家か行動派的要素の強い人物である。

この頃から少年の身辺はにわかに忙しくなる。新宿駅前で赤尾総裁の演説を聞いた翌々日の十日、浅草公園近くにある愛国党本部に行ったのである。そして、その日は党本部に泊めてもらっている。こうと思ったら直ぐに行動しなければ収まらないY少年の面目躍如と言える。

翌日、父母からの入党承諾書を得ようと帰宅。父は不在であった。話を聞いた母は強く反対した。せめて高校を卒業してからでも遅くはないだろうと説得するが、それを聞く少年ではなかった。母としては当然の対応であった。しかし、彼の心の中は「差し迫る日本赤化」という危機意識で満ちあふれていた。一日でも一時間でも早く入党し、この日本赤化を企む勢力を打倒し、駆逐しなければならないという強い信念で凝り固まっていったのである。その日は結局帰宅の遅い父を待てず、再び党本部に行き泊まり込むのである。そして、二、三日後、承諾を得るため再び帰宅する。父親も母親同様「高校を卒業してから」というのであったが、少年の熱い情熱と固い意志の前に父親も首を縦に振るほかはなかった。赤尾総裁もやはり「高校を卒業してから」と説得をしたが、少年の決意を変えることはできなかった。

愛国党は六月二日の参院選挙投票日に向けて全勢力を傾けた選挙活動を展開していた。東京地区に赤尾総裁、全国区に参与の浅沼美智雄が立候補していたからである。当然ながら、Y少年も運動に没頭した。運動の主たるものは街頭演説に随行することと、愛国党のビラを街中に貼ることであった。少年は赤尾総裁の演説に心を打たれ、傾倒していった。それだけに総裁の演説にヤジを飛ばす左翼の者を許すことができなかった。「カッとなり、ヤジった者を引っ張り出してぶん殴ったことも再三あ」った。また、七月下旬頃には「新橋ステージで安保改定問題自民社会両党の立会演説会があり、改定賛成の幟やビラを持って行って社会党の演説に抗議して、威力業務妨害で」検挙される。さらに八月五日、広島市で原水協主催の「原水爆禁止世界平和大会」に党員数名とで宣伝カーを会場に突っ込ませている。この時も暴力行為、傷害罪で検挙されている。九月には石橋湛山の訪中抗議、また都庁に座り込みをしていた日教組抗議、そして、在日朝鮮人の帰還事業に関わる反対闘争などでも都内および新潟で合わせて三回検挙された。こういった過剰、過激とも言える行動はとどまることを知らず、十二月までに九回も警察に検挙されるほどになっていた。十一月には東京家庭裁判所で保護観察四年に処せられてしまう。しかし、彼はそんなことで怯むことは少しもなかった。むしろますます意気軒昂たる若者となっていった。検挙という事実に対し、Y少年は次のように供述している。

「赤尾先生の指導を信頼いたし、自分も左翼を倒すことは国のためになることと固く信じているから警察に検挙されても全然恥と思っていません」と。

入党して八ヶ月目の十二月頃にはY少年は筋金入りの右翼闘士となっていたのであった。さらに留意しておかねばならないことがある。未だ十六歳の少年が九度も検挙され、保護観察処分されたのである。普通の若者ではとても考えられないことである。警察に一度逮捕されただけで気持ちが縮み上がってしまうのが普通であろう。彼の場合は逆で、意気は昂然となり、自らの行動を誇らしげに思うようになっていったのである。しかもY少年はこの経験を通し精神を鍛えられ、多少のことには心が動じないようになったのではないかと推測されるのである。このことは彼の大きな強みとなったのである。そして、彼の大事に多大な効果をもたらすのであった。

もちろん彼は実践行動のみで日々を過ごしたわけではなかった。彼の理論を深めるために読書にも精を出していた。特に古事記は精読したようで、「内容は非常に文学的で、古代日本の優雅な、しかも大らかな、何も隠すことのない現代日本の人にはないようなものであ」る。また、『古事記』に書かれているものはその時代の情況をありありとみせつけるようなもので精神的深みがあり、今まで私が育った環境とは別な世界を見出したような気がして、明るい気持ちになりました」と絶賛し、その受けた影響の大きさをも述べている。

また、『天皇絶対論とその影響』（生長の家会長・谷口雅春氏著）も感銘を受けた書の一つとして挙げている。特に「忠」については「忠に私があってはならない。私がない忠こそ本当の忠である」ということを教えられたと述べている。その他に『日本書紀』、『論語』、『十八史略』、『悪霊』ドストエフスキー著などを読んでいた。総じて古典ものを好んでいた。「古典についての理解能力も抜群のものがあった。理解する能力というより感応する精神を持っていた。古人（いにしえびと）の心をそのまま直截（ちょくせつ）受容することができた」と沢木耕太郎は彼の著『テロルの決算』の中で賞賛している。また、Y少年が決行直前まで携行し、読んでいたのが『明治天皇御製読本』である。「末とほくかかげさせてむ国のため／命をすてし人のすがたは」などは「暗誦できるほど読み込」んだという。

一九六〇（昭和三十五）年三月頃から再び安保闘争が燃え上がり、それに春闘や三池炭坑闘争が加わり、その炎は一気に全国に燃え広がった。日本の社会は正に風雲急を告げるというような情況であった。その闘争の一翼を担ったのが全学連であった。これらの闘争に対し右翼も黙ってはいなかった。Y少年の加盟していた大日本愛国党も「安保改定大賛成」のスローガンを掲げて対峙していった。

一月に岸首相等調印全権団が羽田から渡米することになった。この渡米を阻止しようとして全学連学生七百人が座り込んだ。Y少年は防共挺身隊とともにこれを排除に行っている。彼はこの状況に対し「一国の総理が日本を代表して出発するに際し、左翼が集団暴力でこれを阻止しようとすることは、国際信用を傷つけ怪しからん」と憤った。それと同時に、「愛国党の運動方法で左翼勢力を阻止できるか」と、疑問を持つようになる。この疑問は運動を続けていくうちにますます膨らんでいくのであった。しかもこの疑問は、痛烈な批判となって与党である自民党にも向けられる。「重大な日本の危機に派閥争いなどして私利私欲に走り、何ら手を打たない」と。さらに警察に対しても「取り締まりも出来ないだらしない状態」であり、マスコミも「安保反対を輿論のように報じ」怪しからんと批判した。

さらに、「愛国党のような徹底しない運動の方法ではあまり効果がなく、また言論による運動も一つの方法ではあるが、もっと徹底した方法でやらなければいけない」と思うようになるのである。その考えは次第に煮詰められていく。

「自分一人で出来る方法は、国民を扇動して日本赤化に狂奔し罪悪を流している左翼の指導者を倒す以外に他に方法がない」という心境まで行き着くのである。そして、これこそが「我が大義である」と確信するのであった。

その対象者として日教組の小林委員長、日本共産党の最高指導者野坂参三、日本社会党の浅沼稲次郎委員長、自民党河野一郎、自民党石橋湛山、社会党松本治一郎を挙げている。

6

右京は、まさか桜井先生から高校生活の転機となる機会を与えられるとは夢にも思っていなかった。桜井先生は生徒指導担当（生担）でもあった。生担は生徒会の顧問も務めていた。生徒会の役員の改正は二月に行われる。立候補資格は一年生であった。入学からほぼ一年が経過したとは言え、一年生にはまだまだ生徒会活動には疎いところがあった。結局、現生徒会役員の二年生に助言や指導を仰ぐことが多かった。それだけに二年生の支持、支援がある立候補者が圧倒的に有利であった。

桜井先生は生徒会長立候補者として右京を二年生役員に推薦したのである。右京には生徒会長になろうなどという気持ちはさらさらなかった。そんな右京を知っているはずなのに、先生は彼の何を見込んで推薦したのか、右京には皆目分からなかった。それに彼には斬馬の剣を磨く大望があったのだ。しかし、二年生役員たちが右京にこの話を持ってきたときには断るに断りきれなかった。もう話がすっかり出来上がっていたからであった。生徒会長となれば今までのように伊東道場に定期的に通うことは難しくなるのは必定であった。ただ、右京は道場でひとりで型の稽古をすることに少しばかり倦んできていたのだ。あれ程固い決意であったものが実際は脆いものであったのだ。右京はこの事実を認めたくなかった。尊敬する先生、そして睦まじく接してくれている先輩たちの期待を無下に断ることはできなくなっていた。右京は、生徒会長に立候補し、稽古を中断することはおのれひとりのためではない。あくまでも推されてのことである、と納得させた。

生徒会長などというと成績優秀者というイメージが一般的には付きまとうが、右京はこのことにも当てはまらなかった。高校では生徒会長よりも応援団長の方が生徒間には名が通っている。いうならば地味な存在であった。従ってよほど物好きでもない限り自分から進んで立候補をする者はいなかった。しかし、このときには対立候補者がいた。従って選挙活動としてポスター制作、各教室を回っての演説などの活動をせざるを得なかった。だが、これらの活動は全て二年生の先輩たちが段取りをつけたり、応援をしてくれた。特に顕著だったのは二年生や三年生たちに対するいわゆる「売り込み」であった。これが完璧に浸透し、右京は圧勝した。昭和三十五年の早春、二月のことであった。早春というと聞こえはよいが、みちのく仙台はまだ蔵王おろしが吹き荒び、雪が舞い散る日もあった。特に仙台高が立地していた北八番町辺りは泉ヶ岳からの颪(おろし)も加わり手足がしびれるような風が吹くこともあった。

しかし、寒風は日本全体にも吹き荒れていた。政治闘争で日本列島は揺れに揺れていた時代であった。これらの政治闘争の渦は高校生さえも巻き込んでいった。

生徒会長になった右京もこれらの問題に無関心ではいられなかった。何しろ日常接している先生たちの中には勤評や安保問題でデモに参加するなどの阻止活動をしていた。また、生徒の中にも政党の下部組織である青年同盟員の熱心な活動家がいた。彼らは同級生や下級生を機会あるごとにオルグ（支持者にするとか、加盟させる活動）し、彼らの党勢拡大を図ろうとしていた。生徒会役員などは一番の目標であった。右京は斬馬の剣技を身につけるなどという大望が遥か遠い昔のように思えてきた。まさに「熱しやすく冷めやすい」の諺を地で行くような右京の姿であった。しかし、彼はそれを少しも悔いることはなかった。対象は常に変動、変化し、しかも心を揺さぶり、血沸き、肉踊らせることであったからである。豹変は少しも罪でも悪でもなかったのである。

従来の生徒会活動だけでは物足りず、またどちらかというと血の気の多い右京は、春が近づくにつれ身体がうずうずしてくるのを抑えようがなかった。三年生を送別し、その後新入生を迎えた右京たちは、歓迎会などの諸行事も終わった四月半ば、社会科学研究部（社研）部長で青年同盟員の噂高い田原から思いがけない話が持ち込まれたのである。

この頃は安保闘争が激しくなっており、新聞、テレビにその記事が毎日掲載され、報道されたりしていた。全国各地で連日デモが行われ、東京では全学連が「暴れ回っていた」ということも知っていた。

四月末、田原が生徒会室に来ていきなり「デモに行こう」と切り出してきたのである。彼は右京の一年先輩の三年生である。昨年の仙高祭（文化祭）では、とても高校生だけでは用意できない豊富な資料や写真を使って松川事件（国鉄の列車転覆事件）を展示、発表した。「高校生離れの発表」と大きな反響を得た。今年の秋の仙高祭では「安保問題」を提起するともう準備に取りかかっていた。

「政府、自民党の国民を無視しての安保条約は許せない。我々高校生もだまっていてはいけない。行動を起こすべきだ」

田原は右京や数人の生徒会役員を前に熱弁を奮った。

「高校生が行動を起こすって一体どういう行動ですか」

「簡潔にいうとデモだ。我々高校生も国民の一人だ。その意思を示すべきだ」

田原は右京の問いに口を尖らせ、分厚い近視のメガネを押し上げながらまくし立てた。

「しかし、田原さん、高校生がデモしたなんて聞いたことがないですけど」

副会長の川名が遠慮がちに言った。

「少し勉強不足だね。東京の日比谷高校を知っているだろう。東大への進学者数で全国一位の。

その日比谷や有名進学校の駒場高校などの沢山の高校生がデモに参加しているんだ。しかもだよ、これらの高校生が中心となって『安保阻止高校生会議』までできているんだ。我々はこのような全国の流れに遅れてはいけないんだ」

田原の熱弁はとどまることがなかった。彼の一番の眼目は生徒会が中心になって全校生徒にデモ参加を呼びかけることであった。しかし、右京はさすがにそれは受け入れることはできなかった。たとえそれを受け入れたとしても顧問の桜井先生が許可するはずがないと思った。だが、先輩である田原の顔を潰すわけにはいかない。ここは時間を稼ぐ必要があると考えた。

「先輩、話はよく分かりました。生徒会執行部で検討してみます。少し時間をください」

「分かった。だが、時間はあまりないからな。事態は切迫している。出来るだけ早く結論を出してくれ。頼むよ」

そう言うと田原は笑顔になった。ニキビが少しばかり目立つその顔は、先ほどの興奮した赤ら顔が嘘のように消え、穏やかで顔の肌色も白くなっていた。そして、またずり落ちたメガネを右手人差し指で上げながら「じゃあよろしくな」と言って、会室を出て行った。

まるで突嵐が襲い、去っていったような塩梅であった。皆、田原に気圧され会室は静けさに覆われた。時折互いの顔を見合った。「どうする」という言葉をなかなか言い出せなかったのだ。

「どうする」

結局は右京が口火を切らざるを得なかった。しかし、互いが納得できるような案などあろうはずがなかった。話し合いは弾まず、結局「会長がまとめる」ということに落ち着いた。

「桜井先生に迷惑をかけず、しかも田原の顔を立てる方法は学校には知らせず、役員だけ参加する」

これが右京の妥協案であった。皆も承知してくれた。

その日は五月一日のメーデーであった。集会会場は県庁前の勾当台公園で、国道4号線を挟んで市役所がある仙台市の官庁街であった。勾当台公園には樹木も多く、昼休み時刻には県庁の役人、近隣で働くビジネスマンたちでいっぱいである。緑のオアシスの観があった。この日は公園から溢れるほどの人々であった。旗が風になびき、プラカードが所狭しと掲げられていた。右京たちは田原とは市電の市役所前停留所で待ち合わせていた。これは正解であった。もし公園の中であったならば、互いを見つけることは容易ではなかったろう。

右京たちは総勢五人であった。待ち合わせ場所で手を振る田原を見て、右京たちはびっくりしてしまった。何と田原のグループは二十人ほどいたのである。正確には十八人で、右京たちを合わせると二十三人であった。しかも、田原は用意周到に旗まで持参していた。仙高のスクールカラーは「朱の色」である。元々の意は情熱という。第三者が見たら赤も朱も同じ色である。しかし、どちらかというと朱色の方が明るく、しかも生き生きしている。もっと言うならば「戦闘的」に見られる。その「戦闘色」の旗の中央にでかでかと「仙高」と墨書されていたのである。どう見ても上手とは見えないその字が、逆に高校生っぽいと好評だったのである。右京たちは驚いてしまった。しかし、ここまで来て怖じ気づき退散する訳にもいかない。「仙高生徒会」と書かれていない分「よし」と、するとした。

この日の全国各地のメーデー参加者数は「戦後最高の参加者」であった。全国九百ヵ所で六百万人、東京六十万人という大変な盛り上がりようであったのである。国会前を後進するデモ隊の中に「ハリボテの岸首相の人形」があり、それを見た「警官も微笑する」と、新聞に報道されている。

右京たちは大人たちの集団の中に埋没して行進を始めた。目的地は仙台駅前である。そこで流れ解散ということであった。「安保反対」、「岸退陣」、「警職法反対」、「勤評反対」などをシュピレヒコールしながら行進が行われた。当初、右京たちはただ列の中で沈黙しているだけであったが、次第に慣れてきた。すると喜色が顔に浮かび、足取りも軽くなっていった。通常なら自動車の往き来でとても歩くことなど出来ない国道48号線を自由に歩けることに快感を持った。そのうちに「フランス式デモに移ります」という言葉が指揮者たちから伝えられてきた。もちろん、右京たちにその意味は分かるはずもなかった。横に並ぶ参加者たちが手を繋ぎ広がっていく様が前の列から次々と伝わってきた。右京たちはそれを倣った。そして、隣の人と手を繋いだ。左隣は同じ仙高生、ところが右隣は若い女性であった。右京は「手を繋ぐべきか否か」と躊躇してしまった。しかし、彼女は右京の気持ちなど忖度もせず、ぐっと手を握ってきたのである。右京にはそれが握るのではなく絡ませてきた、という感じであった。途端にぽっと顔が赤らんでくるのが分かった。

「あなたは仙高生、デモに来るなんて勇気があるわね、素敵よ」

右京は勇気というよりもどちらかというと、好奇心が勝っての参加であった。しかし、そんな説明ができる訳がなかった。その「素敵よ」という言葉に右京は気を失うほどであった。これまで手を繋いだ女性といえば祖母と妹しかいない。それは単なる介添えや世話を目的としたものである。他人で、しかも若い女性というのは全く初めてのことであった。柔らかで滑らかな感触の皮膚に右京はこの世のものではないような気がし、心がとろけそうになっていった。

「これって僥倖だな」。僥倖という使い慣れない言葉が初めて身近に感じられた。そしてこの至福の時間がずっと続けばよいな、と切望したほどであった。片側三車線を目一杯広がって行進するのは篭から解き放たれた鳥のような気分であった。生まれて以来、最も大きな開放感を右京は味わったのである。しかも、若い女性と手を繋ぐという心がとろける体験を生まれて初めて味わったのである。右京はこの体験から文句なしのデモ好き男になってしまったのである。

初めてのデモに興奮したのは右京だけではなかった。翌日の放課後の会室では当然ながらこのデモのことで話が盛り上がった。副会長の川名、書記の齋など参加者五名のほとんどがそうであった。ところが話が熟するにつれ、話題は別なところへ向かっていった。今までの自分たちの無知を脇に置いて「高校生も目覚めなければならない。安保改定は日本がアメリカの植民地化になる第一歩だ。絶対に阻止しなければ」と威勢のよい言葉まで出てきた。話している言葉はみな聞きかじりや請売りだった。しかし、勢いというものは恐ろしい。「この日本の危機に高校生も目覚めねば」がいつのまにか「高校生を目覚めさせねばならない」と、ボルテージが上がっていったのである。恐いもの無しの年齢でもある。「じゃあどうするか」という話になって、だれかが「討論会をやったらどうか」と提案したのだ。右京はこの「討論会」ということに強く引きつけられた。

「それおもしろいんじゃない。安保問題の討論会なんて市内の高校生はおそらくだれも考えていないよ。やろうよ」

話は思いがけない結末を迎えようとしていた。彼らの価値基準は思想的、政治的な意味合いでの重要性の如何ではなく、単純に、おもしろいかおもしろくないかであった。別な言い方をすれば、情熱が湧くか湧かないかであった。

「でもさ、校内での討論会ってあんまりおもしろくないんじゃない。顔見知りばかりで、意見や異見があまりでなく、討論会が成立しないんじゃない」

「じゃあ川名くん、どんな案があるの」

右京は内心、川名の案に興味を持ちながら問い返した。川名は一年生ではあったが一浪していたので右京と同年齢であった。

しかし、川名はそこで沈黙してしまった。その先までの案は彼も持っていなかったのだ。他の者たちも同様であった。

「討ち入りってあるじゃない。おれ歴史が好きで、今、幕末ものを読んでいるんだけど、池田屋に新撰組が討ち入った話。他の高校に安保問題で討ち入りをするのってどうかな」

それまで聞き役に回っていた齋が話し出した。右京始め他の者たちは一斉に齋に注目した。

「それあり」

最初に賛意を表したのは川名であった。それに続いてみなが「賛成、賛成」と叫んだ。

「討ち入りという言葉はちょっと過激過ぎるし、不適切だよ。どちらかというと果たし合いという表現が合っているんじゃない。でもこれも挑戦的で刺激が強すぎるね。もう少し柔らかい表現はないかねえ」

もう一人の副会長の中尾が、ゆったりとした口調で言った。中尾は右京と同年である。割と慎重な性格で、物事を理詰めで考えるタイプであった。彼の言葉でヒートアップした雰囲気が少し落ち着いた。

「中尾くんの言うとおりだ。齋くんの提案は素晴らしいと思うよ。しかし、受け取る相手側の心情を考える必要があるよね」

右京の話にみなも納得した。

齋が右京の言葉を受けて言葉を継いだ。

「ちょっと話を整理しようよ。まず討論会を行う。これはいいね。討論の相手は市内の高校。

内容は安保の改定について。大体今の段階ではこの程度かな」

「さすが齋くん。冴えているね。そうすると後は討論会の名称だね」

右京の言葉にみんなが頷いた。

「討ち入りや果たし合いはどちらも過激で、しかもけんか腰に聞こえる。ちょっとまずいね。そうすると高校生討論会という落ち着いた名称にしますか」

齋の提案にみな異論はなかった。

「心情的には果たし合いだけど相手の気持ちや高校生という立場も考え、名称は穏便にしますか。『安保改定問題を考える高校生討論会』でどうですか」

右京は会長としてまとめた。

その後、具体的な話し合いに入った。

討論の相手校は一高と二高とする。全て男子校である。名前の通り当時、進学率では一校が県内一位、二番目が二高でいずれも宮城県の名門校として名が通っていた。仙高は三番目であった。案としては女子校も上がったが、最初はおもしろ半分で話が盛り上がったが、無理なことは誰しも分かっていたので、正式案では採用されなかった。そして、日時は土曜日の放課後と決めた。この時間帯ならば授業に差し支えないからであった。

ここで驚くのは、事前に担当の桜井先生に相談はなかったことである。だれもそのことは疑問に思わなかった。先生が反対するなどということは少しも念頭になかったのである。十月に開催する仙高祭で、実行委員のメンバーの数人が学校に泊まり込むことになったときも同じであった。何のクレームもなく許可してくれたのである。仙台高校の校是には「自主、自立」とある。これが単なるお飾りではなく、それを学校、先生たちが生徒たちに保障してくれていたのである。信用されていると思うと、たとえヤンチャな高校生といえども自制心が働く。右京たちも同じであった。

右京には八十歳を迎えた今も忘れられない、そしてこの当時の教頭である安住先生の言葉がある。それは「ジェントルマンたれ」という言葉である。先生は折につけその言葉を話してくれた。安住先生は英語科の先生であった。右京も先生の授業を受けた。その時、先生はテキストとしてケネディ著の『勇気ある人々』の英語版を使って授業をされた。当時は難しさだけで内容の理解は全く不十分であった。しかし、年齢、経験を重ねるにつれ、安住先生の教育者としての志の高さと情熱の深さに感じ入るのである。

この「果たし合い討論会」は二高からは体よく断られた。しかし、一高からは受けて立つというニュアンスの返事をもらったのである。「仙高生に胸を貸してやろう」ぐらいの気持ちだったのかもしれない。

当日はこの討論会の目新しさもあってか、体育館は一高生で一杯であった。議論は白熱という訳にはいかなかったが、付け焼き刃の知識ながら右京たちはそれほどのボロもださず、緊張と胸の高まりの裡に終わったのである。

右京たちはこの討論会の準備、交渉、そして実施を通し、彼らが思う以上の学びをしたのである。これまで「安全保障」などということについてはほとんど関心を持つことはなかった。必要に迫られてほんのひと齧りをしたていどであった。しかし、討論会で論戦となれば半端な知識では太刀打ちできないくらいのことは理解できた。従って、彼らは今までであったら考えられないほどの学習・勉強をしたのであった。

右京は会長であっただけに他の役員以上に勉強をした。討論会では、彼が論客として丁々発止の議論を展開し、活躍をした。そう彼は信じた。それがまた、自信へと繋がっていった。しかし、それは高校生という小さな社会での自信でしかなく、所詮付け焼き刃でしかなかった。だが、若さというものは、時として恐れを知らない。彼はいっぱしの論客気取りで構内を闊歩するようになった。当然ながら伊東道場とは疎遠になっていった。

7

会場はやはり騒然としていた。浅沼委員長が演説しており、その舞台には愛国党の党員の男がビラを撒いていた。そのビラが舞台の上空をヒラヒラと舞い、床には落ちたビラが散乱していた。会場二階でもやはり愛国党員の男がビラを撒いていた。舞台の、そして二階の男たちは直ぐに私服刑事に捕まえられた。舞台に向かって左側の客席には右翼と思われる一団が座っており激しいヤジを飛ばしていた。また、右側の座席には左翼らしいグループが座っていてやはり大声でヤジり返していた。

会場から見ての中央右寄りに池田総理、そして、その隣に吉田都選管委員長が椅子に座っていた。また、演壇の左側の司会者席には司会の小林他二名ほどが座っていた。小林は立っていたが、その顔は困惑と苦しげな表情に満ちていた。

演壇の左後方一メートルぐらいのところに生花があった。台と花瓶と生花を合わせると優に二メートルは超えていた。立派な台に、人ひとりでは抱えきれないような花瓶、その花瓶には山盛りの生花、それは、騒然とし、混乱を極め、殺気だっている空間に不似合いなほどの「ひとり静か」な風情を醸し出していた。

Y少年は首を巡らしそれらをゆっくりと確認していった。そして、一番右端の通路に移動した。左腰に隠した短刀が歩行の障害になるのがやはり気になった。

この時、司会の小林は会場の騒然たる状況を一旦沈静化させるため、浅沼委員長に何か言葉をかけていた。「演説の中断」の了解を得るための言葉であった。そして彼は会場に向けて「静粛にするよう」話した。その言葉で会場はやや静まったのを見た小林はマイクで再開のアナウンスをし、そして「お待たせいたしました。どうぞ」と委員長に伝えたのである。委員長は右手に持ったハンカチで額の流れる汗を拭きながら演説を再開した。

Y少年は、会場からの「演説中止」や「時間だ」というヤジと司会者が浅沼委員長へ何か話しかけてたことを見聞きし、委員長の「演説終了時が迫っている」と焦り、決行を急ぐ気持ちを強めたのである。

会場から舞台に上がる常設の階段は取り外されていた。「早く決行しなければチャンスはない」とはやる少年は、舞台に上る地点を探すべく必死に眼を凝らした。その必死さに応えるように、少年がしゃがんでいた通路の突き当たりの舞台下にニュース映画社の機材を入れるための黒い箱が置いてあったのだ。「天佑」とY少年が思ったかもしれない。彼は迷わずこれを踏台に、高さ一・五メートルの舞台に飛び上がった。そして、委員長目がけて突進した。「舞台に駆け上がるとき、瞬間的に『やめようか』という考えが脳裏を走った。が、『やるんだ』とすぐに打ち消して走った」のである。

Y少年が舞台に上がった瞬間まで、警備陣は彼の行動には注目していなかった。そこに一瞬の空白が生じていたのである。浅沼委員長担当の警備の刑事は少し前に舞台上でビラを撒いた男を拘束し、連行して、所定の場所にいなかった。また、舞台に上がった少年を目にした警備陣たちは「またビラ撒きか」、とそれほど重視していなかった。さらに多くの警備の者たちは舞台から見ての客席右で猛烈なヤジ、怒号を飛ばしている右翼のグループにその視線が引きつけられていた。

Y少年は、あたかも限界まで引っ張られたゴムが手元に戻る勢いのように、真一直線に浅沼委員長の巨体めがけて疾走していった。距離にして十メートルほど、時間にしてほんの二、三秒であろう。彼が浅沼委員長を突き刺し、池田総理の足下近くで床に押しつけられるまでは、わずか十三秒ほどである。その間に彼は委員長を二度刺し、さらにもう一度突き刺そうと身構えてもいるのである。まさに疾風迅雷の早業であった。

Y少年が舞台に駆け上がるとき「やめようか」と脳裏に浮かんだのはなぜなのであろうか。両親、なかんずく母を思ってなのか、はたまた主義に殉じたとしても人を殺める理不尽さを感知してのことなのか、今となってはあの世のY少年に尋ねるべくもない。だが、この「躊躇」にわずかに心が救われる思いはするのである。

Y少年が舞台に駆け上がったところは狭く、そこに二台のテレビカメラがあり、「その右側か、左側か、はたまた中央かを走り抜いたかは覚えて」ないと、少年は供述している。しかし、聴衆のひとりは「テレビカメラの後ろ側」を駆ける少年の姿を見ていた。少年は舞台に駆け上がるや否や、脱兎のごとく演説中の浅沼委員長めがけて突進していった。躊躇は一切なかったのである。

少年は「テレビカメラのところを一メートル位走り抜けたときに刀を抜き、右手で柄を握り、左手の親指を下にして掌で柄の頭を押さえ、腹の前に刀を水平に構え」、完璧な刺殺の態勢を保持した。

この時、彼は刃だけ抜いたのか、あるいは、鞘ごと抜いて走りながら刃を抜き、鞘は捨てたのか、これは定かではない。鞘が体に残っていれば走るのに、また、この後の刺殺や乱闘とも言える動きの障害になる。さらに、当日の毎日新聞夕刊一面を飾った少年の身構えた姿には鞘が見えない。これらのことから、やはり鞘ごと抜き、直後、鞘を投げ捨てたのではないかと思われる。

彼は二台のテレビカメラのどこを走り抜けたか、また、刀をどの辺で抜いたかは覚えてはいない。しかし、殺戮用武器の刀の握り方、構えは詳細に記憶している。刀は全長四十八センチ、刃渡り三十四センチ、柄の長さ十四センチである。柄を両手で握れば手に余る。もしくは刃の根元部分を握ってしまうことになり、手を傷つけてしまう。Y少年の握り方が最も適切で、且つ刀の機能を最もよく発揮するのである。彼がこの短刀を使って、突き刺す訓練を実際にやったかは不明である。どちらかというと、やってはいない可能性が高い。なぜならば、短刀の発見の日から事件当日午後二時ごろまで、それは父母の居間の押し入れにあったからである。また、詳細に供述している調書には、訓練したことは記述されていない。では、それまでは武道の経験はあったのだろうか。「ふだん剣道を習っていた」と夕刊（十一月三日付毎日新聞）にはあるが、このことに言及した他の記事はない。これも定かではない。本人自身が、武道の訓練をしたようなことは述べていない。やはりしていなかった、というのが事実だろう。ただ、六月頃、「防共挺身隊の隊員たちが多摩川の河原で、腕試しをしたことがあった。日本刀で藁竹を一刀両断することができるかどうか腕を競ったのだ」った。日本刀での藁竹斬りは意外と難しい。というより初心者にはとても無理である。大概は刀が撥ね返されてしまって、斬るどころの騒ぎではない。下手をすると手首を傷付けてしまう。大事なのは、切り込む刀の角度と力の入れ処と絞り処、そして、腰の使い方である。一朝一夕には修得が難しい。案の定、隊員の多くは刀を撥ね返されてしまった。ところが、Y少年は「刀を構えると、鋭い気合いと共に真二つに切り落とした」という。尋常なことではない。彼は時に応じて精神を集中できる稀有な資質・天稟の才を持っていたのかもしれない。

脳内で想定したことを繰り返すシミュレーションはどうかというと、これは現実性が高い。場所を選ばず、その気になればいくらでも試すことができるからである。だが、やはりこのことについても少年は触れてはいない。

心の問題、精神力もある。胆力と置き換えてもよい。いくら技術を習得しても「物事に恐れず、臆せず、驚かない気力」、即ち胆力なくして事は成就し得ない。そのことについては得心が行くことがある。彼は安保改定反対の集会やデモに対し殴り込んだり、抗議したりしていた。あるときには「行進中の反安保のデモ隊に、たったひとりで突っ込んで」いったこともあった。「たったひとりで突っ込む」ということは非常に恐怖を伴うことである。並の決断だけでは出来得ないことである。それを少年はやりきってしまっている。彼の行動がますます過激になり、「凶暴になっていく」のも必然であったのであろう。こうして彼は「昭和三十四年五月からの半年間に、十回以上も検挙され、釈放され、また検挙される」ことをたび重ねた。彼はこれらの活動や闘争を重ねる毎に胆力を培っていったのではないか、と推測するのである。いわば合戦での歩兵戦の実戦訓練をしていたようなものなのだ。胆力がつくはずである。

彼は決行に至る前の十月一日、四日、五日、七日の四回明治神宮に行っている。一日は日本刀を自宅で発見した日である。彼は明治神宮へ行き、左翼の指導者の殺害を決定している。しかし、標的を浅沼委員長に絞ったわけではない。七日、この日、彼は刺殺の第一目標として日教組の小林委員長を挙げ、第二として共産党最高指導者野坂参三、そして、社会党委員長浅沼稲次郎を第三目標として挙げた。そして、この時、彼は殺害方法、すなわち日本刀で刺し殺すという方法についても考えた、と述べている。

「相手の心臓を狙って刺せば一番よいが、狙いにくいから昔の日本人が切腹して死んだように腹を刺せば殺せる。しかし私は力も体力もないから刺そうとすれば体をかわされると失敗するので自分の腹に刀の柄の頭をつけて、刀を水平に構えて走った勢いで目標に体当たりすれば、必ず相手の腹を刺すことができる」と。

しかし、理屈が分かっても実行出来るかどうかは別問題である。しかも、人の命を奪うことに関わることである。平常心をもって事に当たることは至難と言える。しかし、修羅場を幾度もくぐり抜けてきた者ならば心の動揺などは少なく、冷静に事に当たることができるだろう。だが、常人ではそうもいくまい。まして十七歳の少年である。ところが少年は理屈通りのことを完璧に実行してしまったのである。あの実戦訓練が役立っていたのか。

第三目標の浅沼委員長が結局第一候補・本命になってしまったのは偶然とも言える。委員長からすれば不運ということだった。

十二日、朝起きて配達された読売新聞を見たところ、「今日の欄」に午後二時から日比谷公会堂で「自民党、社会党、民社党三党首立会演説会」があることが書かれていたのである。彼は迷いに迷い、決断する。第一目標の野坂参三を捨て、「浅沼委員長を殺す」と。

足音も高くまっしぐらに全速力で駆けて行った少年の両の手には、短刀がしっかりと握られていた。浅沼委員長は、咄嗟にその異変に気づき、首をやや左に向け、いぶかしげな視線を少年に向けた。少年はもう演台の左下の角を跳び越える寸前であった。委員長はそれを防ごうとでもしたのだろう。胸の辺りまで上げていた左手を開き、少年を防ぐ仕草をした。しかし、水平に構えられた短刀は委員長のその曲げた肘の真下を通過し、少年の全エネルギーを込めた刃が委員長の脇腹に真っ直ぐに突き刺さった。委員長はその刃を避けることもなくまともに受けてしまったのであった。瞬殺である。

不思議なことかもしれないが、少年の渾身の力と全霊が込められたその赤黒く錆びた刃は、一瞬白く輝いたように見えた。そして、少年の全身は、怒濤のように委員長の左半身に激突。その激烈な勢いのままに少年の顔面は、避けることもなく委員長の左肩に真正面からぶつかった。少年の顔は衝撃で左横向きにひし曲げられ、メガネは額まで撥ね上がり、そして飛んでいった。少年のカーキ色のジャンパーの裾も舞い上がり、左ポケットから白いものが飛び出しそうであった。ポケットには教科書と大学ノート二冊が入っていたのだ。演台上の演説草稿も二、三枚空中に舞い上がった。

少年の勢いをそのまま呑んだ刃は根元まで深々と刺し込まれた。少年は無言のままであった。時計は午後三時四分三十秒を指していた。

委員長の胸の前の開いた左手は、親指と人差し指の先をくっつけ楕円形の輪を作っていた。その輪は「和」を意味していたのであろうか。または「話せば分かる」とでもいうサインだったのだろうか。委員長の目は強く閉じられ、半開きの口の歯も固く食い縛られていた。右手の汗を拭っていた白いハンカチも強く握られていた。突然体内に刺し込まれた凶器、刃の痛みを堪えているように。

「……都合の悪い政策は全部捨てておいて、選挙で多数を占めると」

これが浅沼委員長演説の最後の言葉であり、生前における最後の肉声となった。この最後の言葉に続くのは、「どんな無茶なことでも国会の多数にものをいわせて押し通すというのでは、いったい何のために選挙をやり、何のために国会があるのか、わかりません。これでは多数派の政党がみずから議会政治の墓穴を掘ることになります」であった。

会場の二五〇〇人の聴衆は一瞬息を飲んだ。しかし、次には怒号、叫び、悲鳴が会場に満ちた。舞台には何十人もの警備員、そしてカメラを掲げた報道陣がY少年めがけて殺到した。

少年が刃を刺し込んだ時、彼の身体は委員長に密着、委員長と少年の身体に挟まれた刃を持つ左手はくの字に曲がり、右手は柄から離れていた。少年は左手で刃を抜いた。この時、彼は「刀の先十センチ位に血がついていたように見えた」と述べている。呆れるほどの冷静さである。このような修羅場でこれほどの冷静を保持し得る十七歳人は、はたしてこの国でいく人ほどいるであろうか。

　この時、少年を追う警備陣の幾人かがようやく彼をつかむ距離まで近づいていた。しかし、遅すぎた。

　身長一七六センチ、体重百十六キロの巨躯は激突をまともに受け、身体が横を向いた。上げていた左手は下がり脇腹を抑えているように見えた。そのまま夕、夕、夕と横へ二、三歩ほど動き、警備の者たちも舞台左右前後から殺到してきた。少年は後ろから追いついてきた警備三、四名と揉み合いながらもするりと抜け、短刀を右手に持ち替えていた。委員長の背後に回った時、勢いで委員長の身体がさらに右へ回転した。結果的にそのことが少年の前に委員長の横半身を晒すこととなった。少年は右斜め前から短刀を突いた。その刃は委員長の左胸辺りを切り裂いた。後に委員長のＹシャツの左胸ポケットの真ん中、そして背広上衣肩下である腕上衣部を横一線に切り裂かれていることが判明している。Ｙシャツの胸ポケット辺りは血に染まっていた。

　しかし、この時の少年の刃は切っ先が狂い、左胸に浅く刺さったに過ぎず「殺すまでに至っていない」と判断したのだった。と同時に、殺到してきた私服刑事たちが少年を取り囲み、抑えつけようとした。その背後を委員長は腰を落とし、ヨタヨタと力なく歩を進めていた。そして、仰ぐようにして右舞台袖の方に向いた。少年を抑え込もうとしていた集団は団子状態になって司会者席方向へ移動し、委員長と交錯した。この時、少年を抑え込もうとした刑事たちの塊がほぐれ、この一瞬の間を逃すことなく、少年は三度目の刃を委員長に向け、刺した。これは空を切ったようであった。少年は刀を引くや四度目の攻撃に移ろうと身構えた。なんという執念、なんという沈着さであろうか。

この「引く運動」は次の運動である「突く運動」、前へ動こうとする運動を内包している。いわゆる「作用と反作用」である。

少年は再び柄を両手で覆うように握った。右手掌で柄の頭を押さえ、左手の親指を下にし、腹の前で水平に身構え、目は委員長の腹部を凝視していた。ジャンバーの裾から垂れて見える紐状のものは学生服の上から短刀を固めに押さえつけたバンドかもしれない。右足にやや重心を置き、左足は少し浮き、今まさに刺殺に移ろうという瞬間であった。これ以上ないと思える攻撃の態勢であり、寸部の隙さえ見えなかった。美しくさえある体勢であった。

この瞬間を撮影したのは、毎日新聞社カメラマン長尾靖であった。後に彼はこの写真により、日本人初のピューリッツァー賞を受賞している。彼の写した写真にはY少年の真後ろから彼を取り押さえようとする私服刑事の輪郭がかろうじて見える。その足元にかすかに眼鏡が認められる。少年の眼鏡に違いない。彼が演台の後ろで委員長を体当たりしながら突き刺した時に飛んだ眼鏡だろう。その演台から二、三メートルは離れていると思われる。混乱の極みの中で傷つけられ、だれにも踏みつぶされることもなくこの距離を無事に移動したのは奇跡のように思われる。また、強運を持っているようでもある。

浅沼委員長は身構えるY少年に対峙した。鼻の下あたりまでずり落ちた眼鏡、目は見開かれ、口は真一文字に食い縛られていた。それは突然の理不尽さへの驚き、不埒さへの怒りを表明しているようでもあった。前に突き出された右手にはハンカチが握られており、その白さが無念さを表しているようであった。左手の拳は心臓辺りを庇い、生への執念にも見てとれる。無念の極みと言えよう。委員長のシルバーグレー色のズボンの太もも辺りがひと際黒く写っている。濡れているようにも見える。出血の跡なのだろうか。

少年のこの攻撃の態勢は瞬きの間で、肉眼では容易に確かめること、また追うことは難しい。この時は警備陣が周囲を完全に包囲をしており、あたかも投網を打つかのように少年に襲いかかっていった。二十人とも三十人とも思える数であった。少年を真ん中に人の塊は今度は反対方向、舞台に向かって右方向に雪崩を打つように移動した。そして、池田総理が着席している前に少年は組み敷かれた。その瞬間まで少年の右手は短刀を握り続けていた。最初の突き刺しからわずか十三秒後のことであった。

浅沼委員長は、舞台の奥へ向かって両足を外にくの字に曲げながらよろよろと歩んでいた。腰は落ち、両の手は下がり、顎は上がり、今にも崩れ落ちそうであった。実際、駆け寄った人々の輪の中で委員長は床に倒れこんでしまうのである。「人間機関車」として民衆に愛され、「庶民的な政治家」、「演説百姓よ」として慕われ、二間のアパートに住み続けた清貧の政治家の最期の舞台が、演説途中の舞台上であった。以て瞑すべしというべきか。

演台の横の生花は、この混乱の中で、わずかに揺れることはあっても倒れることはなかった。何十人もの人々が右往左往し、揉み合うことがあったにも拘らずである。そして、この生花は、舞台上の惨劇を一部始終余すところなく見ていたのである。

浅沼委員長は直ちにパトカーに乗せられ、日比谷病院に到着したのは午後三時十分ごろであった。しかし、遅かった。

午後三時四十五分、日比谷病院の三河内副院長から死因の説明がなされた。

「病院に運ばれた浅沼氏はすでに四肢末端にチアノーゼがあり、左前胸部に切創、側胸部に刺創があった。心音聴取もできず自力呼吸はなく、ただちに人工呼吸をほどこし各種強心剤をうったが、すでに心臓も止まり、再び自力呼吸も行わなかったので、浅沼氏は病院に到着したとき、すでに死亡していたものと診断する」と。

時に浅沼委員長、齢六十一歳と九ヶ月であった。政治家としてまさに円熟期を迎え、なすべき課題も山積していた。

8

右京たちは仙高祭開催に向け、ひとつ大きな課題を抱えていた。展示用のパネルである。二十周年記念ということで展示希望の部や同好会などの数が例年の一・五倍ほどあったのである。

しかも、貸出をしてくれる予定だった教育委員会の都合がつかなくなってしまった。これはかなり前に連絡があったので市の公民館に依頼をし、何とか借用のめどがついていた。問題は運送であった。例年だと教育委員会の方で運搬も引き受けてくれ、費用はかからなかった。しかし、公民館の場合はそうはいかなかった。貸し出しは無料としても運搬の費用は学校持ちという条件になっていた。学校教育課と社会教育課の管轄の違いがこんなところに現れていた。この運送費については例年無料であったため、予算に計上していなかったのである。公民館から借用できるということが分かった時点で、このパネルの運搬費については確認をとっておくべきであったのだ。が、例年無料ということが念頭にあったためこの費用については確認を怠っていたのである。それが分かったのが十月に入ってからであった。もちろん、実行委員会でこのことは検討し、桜井先生にも相談をした。学校の方も急なことですぐに予算を援用し充当することは難しいということで、延ばし延ばしになっていたのである。結局、開催直前の十一日まで来てしまったのである。問題は、運送とその費用の捻出である。

放課後、実行委員六名が生徒会室に集まり話し合いをした。皆浮かない表情である。それも当然であった。事はお金にまつわる話である。解決案などそう簡単に出るはずもなかった。いたずらに時間が経つばかりであった。どうにもならない状況を見た右京は、桜井先生に相談することを提案した。だれも否とは言わなかった。右京は副会長の中尾と二人で美術室に向かった。桜井先生は既に帰宅の用意をしていた。まだ三時を少し過ぎたところである。寸でのところで会えずじまいになるところであった。

右京は、早速パネル運搬について話を切り出した。

「そのことは私も心配していてね、卒業生や知り合いに連絡を取ってみたんだがねえ」

先生にはあまり切迫感がなかった。

「もう時間がなくて困っているんです」

右京は思わず哀願の口調になってしまった。

「もう少し早くに対応すべきであったねえ」

何ともよそ事のような話しぶりである。

右京はイライラしてきた。それを見越したかのように、

「今更そんなことを言うのは無責任だけどね。ところで運搬の日はいつだったかね」

取りなすように言ってきた。

「運搬は木曜日の午後です。今日は火曜日ですから明後日になります」

「そうか、明後日か。時間がないね」

先生もどうやら事態が切迫していることが分かったようであった。先生には芸術家にありがちな俗人離れしたところがあった。

「ところで君たちのおとうさんとか親戚とかで運送関係の仕事をしている人はいないのかね」

右京はそれを聞いてはっとした。母方の叔父が運送業をしていたのだ。正確には自動車の修

理と運送業である。母とは仲がよく右京の自宅にはしょっちゅう訪ねてきた。当時では珍しいアメリカ製の乗用車で来るものだから、来ると近所の子どもたちが直ぐに寄って来、珍しそうに車を眺めていた。修理業が中心であったので右京は運送業のことを失念していた。

「実は叔父が運送業をしています」

「なんだ、灯台下暗しじゃないか。その叔父さんに何とか頼めないかねえ」

桜井先生の言う通りであった。今まで話し合ったこと、悩んだことが無駄であったのだ。右京は自らの不明に恥じ入った。

「直ぐ叔父に連絡してみます」

「そうしてくれると私も安心だね。それじゃあ職員室へ一緒に行こうか」

桜井先生は安堵の顔で右京を促した。同行してきた中尾の表情にも笑顔が溢れていた。

桜井先生は教務の先生に事情を話し、電話を使えるように段取りをとってくれた。

この日は、仙高祭ポスター掲示の最終確認日でもあった。市内の各高等学校には校内掲示用のポスターを二枚送ってある。それとは別に、各学校の近くや市内の要所の電柱や塀にポスターの掲示をしていた。掲示の漏れや剝がれや破損がないかなどの点検を一日前の月曜日から行っていた。この日はその最終日であった。これから手分けして行くことになっていた。これはポスター貼り同様難儀なことであった。市内の各高校は必ずしも交通の便の良い所にあるとは限らない。また、自転車で行くのには無理な所もあった。そういう所は徒歩で行くほかはない。そんなわけで点検作業はかなりきつかった。ただし、一度ポスター貼りで行っているところなので迷うことなくその場所に直行出来た。

　幸い叔父には直ぐに連絡がついた。ところが叔父は会社まで来て説明してくれというのであった。叔父の会社は右京の自宅から三十分ぐらいの所にある。市電の南方面の終点である長町駅から七、八分の所である。学校からは一時間もあれば着く。しかし、ポスター点検作業から右京が欠けることになる。開催期日が目前に迫り、その他の準備作業も山積している中で、たとえひとりでも欠けるのは厳しかった。しかし、止むを得なかった。実行委員たちに事情を話すと皆気持ちよく了解をしてくれた。

　叔父の事業は軌道に乗っていて会社の景気は良かった。叔父の所には四時半頃着いた。搬出元の公民館と搬入先の仙台高校の場所、それにおおよその搬入時刻を確認した。料金については事情を話し、なんとか無料にとお願いしたが、それはさすがに無理であった。それでもなんとか半額にはしてくれた。叔父はラーメンの出前を頼んでおいてくれた。他の高校生同様、右京もラーメンは大好物であった。と言っても高校生の身では滅多には口にはできなかった。たまの放課後に同級生たちと連れだって地元老舗デパート藤崎近くの「ちょうちん屋」とか鶏ガラの透明スープで人気の市役所近くの「南蛮ラーメン屋」に行くのが最大の楽しみであった。丁度話が終わった時にラーメンが届いた。長町駅前の「橋本屋」のラーメンであった。中学校三年時の同級生の父親が経営していた。右京の母が贔屓にしているラーメン屋でもある。幼い時からの馴染みなのでラーメンというとこの橋本屋の醤油味が自然に口の中に広がる。右京の顔に笑みがこぼれた。推められるままにラーメンの蓋を取り汁を啜った。「これだ、この味だ」と心の中でつぶやいた。汁の味と温かさが胃の腑から体全体に広がっていった。そして、汁の味がからまった麺をスルスルと飲み込んだ。「ふう」という満ち足りた吐息が思わず出てしまった。

「うまいか」

「はい、すごくうまいです。ありがとうございます」

「それはよかった」

叔父は満足そうにうなずき、笑みを浮かべていた。

右京の心はうれしさで一杯になった。味を噛み締めながらラーメンを啜った。叔父の配慮にただただ感謝するばかりであった。しかし、一方でポスター掲示の確認などで歩き回っている実行委員たちに済まなくも思った。あっという間の時間であった。その後、事務員の春代さんがお茶を出してくれた。そのお茶を飲み終えてようやく部屋の周りに目をやることができた。工場の前の国道4号線を行き交う車のライトがもう点灯されていることに気付いた。「早く学校に戻らねば」と思った。

帰り際に叔父が、

「少しだけど何かの足しにしなさい」

そう言って封筒を渡してくれた。右京は瞬間的にお金だと理解した。涙があふれてきた。右京は叔父の前にもかかわらず拳で涙をぬぐった。感極まって言葉も出なかったのだろう。ただ幾度も幾度も頭を下げて叔父の会社を辞した。

学校に戻る途中の電車の中で、もらった袋の封を開いた。五百円札一枚が入っていた。恐らく叔父は母に連絡をし、学校に泊まりながら文化祭の準備に没頭していることを聞いたのであろう。そのことについては叔父は何も言わなかったが、気遣っていたに違いない。右京の心に叔父の優しさが沁みていった。

右京は叔父のことを思った。右京が初めて映画を見たのは四、五歳のころであったが、連れていってくれたのはこの叔父であった。また、必ずお年玉をくれた。叔父については良い思い出ばかりである。右京は久し振りに明るい気持ちになった。大学病院前で降りるとパン屋を探し、もらったお金でコッペパン、クリームパン、ジャムパンをそれぞれ十個ずつ、残金で駄菓子を買えるだけ買った。店のパン総買い同然であった。店の女主人は「こんなに沢山どうするの」と驚いていた。右京は「ちょっと」と言い、笑顔で「どうも」と応えて店を出た。メンバーの喜ぶ顔が浮かんだ。陽はもうすっかり沈んでいたが、西の方角の山稜が自らを誇るかのように濃いブルーに染まり、山並みは黒々と際だっていた。

六時をちょっと過ぎた頃にもかかわらず、生徒会室には手伝いの四人を加えた九人が待っていた。開いていたドアから入るとみんなの視線は右京が両手に持つ紙袋に集まっていた。しかし、「どうだった」と、副会長の中尾が直ぐに聞いてきた。

「お陰でうまくいったよ。しかし、問題があるんだ」

「問題ってなんですか」

川口が心配そうに尋ねた。

「実は運搬料がかかるんだよ。半額にしてくれたけど」

「半額なら何とかなるんじゃないですか。明日、桜井先生に相談しましょう。きっとうまい解決方法を考え出してくれますよ」

「だいじょうぶ」という声がみんなから出た。右京も気持ちが軽くなってきた。そして、持っていた紙袋をどさりと部屋の中央にある机の上に置いた。

「叔父からだよ。みんなで食べてって。差し入れ」

右京のその声を待っていたかのようにみんなの手が伸びてきた。

「待てよ、みんな」

と言いながら中尾は袋を開け、中のパンを机の上に広げた。「わー」という歓声が上がった。

中尾がまた、口を出し、「平等にわけようぜ」と言った。

「コッペパン、ジャムパン、クリームパンがそれぞれ十個ずつあるからちょうどひとりひとつずつになるね」

「今日全部食べないで明日の分も取っておきましょう。今日は好きなものを一人一個ずつ計二個食べるということでどうですか」

右京の説明に中尾は大岡裁きのごとくうまい判断を下した。皆も文句などありようもなかった。

夕餉にしては貧しいものであったが、皆はパンを口に頬張って楽しげであった。全員でこんな風に会話し、楽しげに過ごすのは初めてであった。この様子を見ながら右京の胸は少しばかり痛くなった。思わず手で口の周りを拭った。もちろん、もはやラーメンの匂いなどするはずもなかったが。

「会長の叔父さんっていい人ですね。まるでおれたちの空腹を見通していたみたいです」

川口の声に「そうだ、そうだ」という同感の声が上がった。右京も芯からそう思った。同時にこんな叔父を持ったことを誇らしく思った。

「腹の皮つっぱれば目の皮ゆるむ」のことわざとおりで右京の体温は上がり、体全体が弛緩し、同時に睡魔が襲ってきた。他の者も同様で急に口数が少なくなってきた。

時計を見ると七時ちょっと前であった。

「もう七時だよ。帰宅組はそろそろ帰らないといけないな。とにかく今日はここまでと言うことで解散しよう。明日は展示の準備で大忙しだからね」

右京の言葉に帰宅組の実行委員たちは腰を上げた。この実行委員の中には汽車通学の者も二人ほどいた。そのうちの一人は常磐線の亘理駅まで帰る。発車時刻を逃すことは出来ないのだ。

「お疲れさん」という言葉を残し、彼らは帰った。会室は急に静かになった。校庭側のガラス窓から暮れゆく闇が静々と忍び寄ってきた。

仙高祭の準備は順調に進んでいた。この日、難題であったパネルの運搬も無事に終えた。時刻は既に五時半を過ぎていた。空は既に墨を水で割ったような薄黒い色に染まりつつあった。しかし、校内は展示の準備で活気に満ちていた。全館の窓は時刻が経つにつれ明るさを増していった。右京は実行委員数人と共に校内を巡り、準備の進捗状態を確認した。「明日、金曜日の夕方までには各展示部門の準備も完了間違いない」と、確信をした。そして、お互いのこれまでの努力を讃えあった。しかし、右京たちは、昨日の午後、衆人環視の演説会場で、現職の社会党委員長が右翼の少年によって刺殺されたことは全く知らなかった。

「今日は早仕舞いしよう」

右京の言葉に皆は「そうしよう」と声を合わせた。

そして、帰宅組は立ち上がって片付けを始め、残りは就寝のための簡単なベッドの用意、そして、パンと牛乳だけの簡単な夜食の準備をした。

直ぐに、帰宅組の連中は「お疲れさん」とか「また明日」とか言いながら生徒会室を出た。

「おれは彼らを送りながら宿直の先生に挨拶をしてくるから」

右京はそう言うと帰宅組の後を追った。そして、一階の管理棟の玄関で彼らを見送った。職員室にはまだ明かりが点いていた。右京は今日の宿泊者を報告するために職員室のドアを開いた。奥の窓際に近い席に国語担当の早川先生が新聞を広げて読んでいた。

「早川先生」

と、声を掛けると、

「おっ、右京か。今日も泊まりか。ご苦労さん」

先生は読んでいた新聞を畳みながら右京の方に身体をねじりながら話しかけてきた。

早川先生は現代国語の担当で、右京は先生の授業を受けていた。先生は時折、Y談めいた話などもする気さくで明るい人柄の教師であった。

「今日の泊まり組の名簿です」

右京の報告が終わらないうちに、

「おい、東京の日比谷公会堂で大変なことが起こってしまったよ。社会党の委員長の浅沼さんが十七歳の少年に刺殺されてしまったよ」

「刺殺、何ですか、それって。まさか」

右京は驚きの声を上げながら問い返した。

「そのまさかだよ。刺されて死んでしまったんだよ」

「本当ですか」

右京は信じられなかった。

「本当も本当、朝刊に載っているよ」

と言って、先生は新聞を右京に手渡した。学校では地元の新聞と毎日新聞の二部購読していた。

右京は新聞を先生の手からもぎ取るようにして取り、広げた。事件のことなど少しも知らなかったのだ。右京ばかりではなかった。実行委員全員がそうだったのである。

「一面、一面だよ」

先生は右京の慌てぶりを制するかのように声を掛けてきた。

右京は新聞の一面を出し、机の上に広げた。思わず「あっ」という声を出しそうだった。何と、四段組の写真が大きく掲載されていた。舞台の上らしきところで少年が半身に身構え、両手で握った短刀らしきものを腰の前で水平に持ち、今まさに突きかからんという光景であった。細めた目は相手の心臓に狙いをつけている。

浅沼委員長はその攻撃に対し、両手を広げて防ごうとしている、ように見えた。

しかし、と右京は不思議に思った。「なぜ委員長の眼鏡は鼻の下までずり落ちているのだろうか」と。そして、既にもう何か大きな力が委員長に加えられてしまっていたのか、と思った。

「あっ」と、右京は今度は小さく声を出した。

これはまさに伊東先生の言う「剣身一如」の体勢ではないか、「いや、絶対にそうだ」と、確信した。彼は「プロの殺し屋」なのかと一瞬思った。しかし、その風貌はいかにも若い。早川先生の言う十七歳というのは本当だと思った。新聞にも「犯人は十七歳」と出ている。しかし、日本には十代の殺し屋なぞいるはずがない。だが、その足の配り、腰構えと凶器の位置、目の配りは完璧としか見えない。このような構えは一朝一夕に身に付けられるものではない。厳しい修練を経るか、もしくは幾たびかの修羅場をくぐって初めて身に付くものであるはずだ。

いずれにしてもこの男は手練れの者に違いないと右京は確信した。そして、この半月ほど休んでいる蔭流道場の伊東先生の姿を思い浮かべた。何故か脈絡もなく「先生は正しい」とつぶやいていた。

「何が正しいのか」

右京の深いところから何者かが問いかけてくる。

ある時、右京は先生に尋ねたことがあった。

「なぜこれほどに型の稽古をするのですか」と。

「それは、ちょっと難しい言葉だが捨象すること。即ち、一切の無駄を捨て去り、削ぎ落とし、磨き上げること。また、純化することである。この捨象し、純化した先にあるのが美であり、剣身不二一如である」

先生はそう答えられたが、右京には禅問答のようで、よく理解ができなかった。しかし、今、毎日新聞の写真を見て、疑問の薄皮が剝がれていくような気がしたのである。少年は自らをして剣、即ち殺人剣となしているのである。少年の別々な存在であった肉体、精神、剣が昇華し、最強の機能を発揮した新たな存在者と化したのである。昇華とは「低位の欲望（性的エネルギー）が高位の芸術的活動、宗教的活動などに無意識的に置換される」（日本国語大辞典）とあるが、少年はまさにこの瞬間において芸術的領域まで己を昇華したに違いない。先生の言う「千回の鍛、万回の錬の果て」がこの置換であったのである。先生の言をようやく理解した、と右京は思った。「だが」と、彼は新聞の写真を見ながら左側胸部をさすった。両手を自身の身体をかばうように広げ、くの字に屈している。まさに倒れ臥すかのような人間にとどめを刺すことは許されるのか。

縦見出しに「浅沼委員長刺殺さる」とあった。「やはり浅沼委員長は亡くなった」のかと、右京は力が抜けていくような思いであった。しかも犯人は右京と同年生まれである。これまた信じ難いことであった。場所は、日本の首都東京、そして、二千人を超す観客を収容できるホールを持つ名うての多目的会館にてである。しかも日本の主要政党三党首の立会演説会の途中での出来事である。衆人環視もいいところである。傍若無人というか大胆不敵というか、とても十七歳の少年が為せる所行とは思われないのだ。

右京は浅沼委員長に直接会ったことはない。しかし、彼の父親が国鉄動力車組合員であったため、その機関紙や社会党の宣伝ビラなどが時折家に持ち込まれていた。委員長の親しみのある眼鏡の風貌や浴衣掛けの大きな姿などを写真でよく見かけていた。こんな訳で、右京は政治家の中では地元出身のササコウ（元社会党委員長佐々木更三）と並んで浅沼委員長にも親近感を持っていた。それだけに衝撃は大きかった。

「右京、大丈夫か」

早川先生が声を掛けてきた。

「はい、大丈夫です。しかし、ショックですよ、先生。犯人は私らと同じ年齢じゃないですか。こんなこと本当にあるんですかね」

「これは日本の悲劇だね。また、日本の恥でもあるね。今年の六月には社会党顧問の河上丈太郎さん、七月には現職首相だった岸信介さんがやはり刺されている。日本にはまだ民主主義が根付いていない証拠だね。白昼堂々と暗殺が行われるなんて。幕末じゃないんだからね。本当に残念だ」

早川先生も気落ちしているようであった。

「先生、新聞お借りしてよいですか。実行委員のメンバーにも見せてやりたんです。明日朝、職員室に返しておきますから」

「ああいいよ。右京たちも連日大変だね。仙高祭終了まで後、四日間あるから身体大事にしてよ。今日はできるだけ早く寝るんだね」

そう言うと先生は立ち上がった。そして、タバコをくわえるとマッチを擦って火を点けた。大きく吸った。そして、吸った煙を長く、ゆっくりと吐いた。紫煙が丸く広がっていった。

「それじゃ、失礼します。お休みなさい」

右京は先生に声を掛けると、畳んだ新聞を両手で抱えるようにして職員室を後にした。廊下へ出ると冷気が身体を包んだ。同時に疲労が身体の芯から沁みだし、全身に広がっていくのを感じた。がらんとした廊下は人の心の空虚さを示しているように右京には思えた。

「ここのところ二十度を超す日が続き日中は暖かだった。しかし、もう十月の半ばだ。夜が冷えるのも無理はない。仙高祭当日は晴れてくれるといいがなあ」

右京はそんなことを思っていると、急に言いしれぬ悲しみが全身を襲った。右京は、こんな沈んだ気持ちで生徒会室に戻ったら皆に嫌な思いをさせるに違いない、と思った。右京はそのまま校庭へ出た。外は廊下以上に冷えていた。夜気が校庭を包み込み、昼間に比べて狭くなっているように感じた。校庭を取り囲む樹木、そして西隣の満勝寺の森がまるで周りを威圧するように黒々と聳えて見えた。空を見上げると黒く厚い雲が一面に覆っていた。「雨が来なければいいのだが」と思いながら右京は見続けた。雲の流れは速かった。見上げていた真上の空がぽっかりと穴が開いたように雲が切れた。星が光っていた。右京にはそれが愛しい命の光のように思えた。少年のあの一分の隙もない完璧な刺殺の構えが目に浮かんできた。見上げた右京の目から涙が溢れてきた。

「本当にあれでよかったのか。日本の未来は開かれるのか。不安と恐怖の時代の幕を切り開いたのではないか。浅沼委員長を殺したことは、自分をも殺すことになるのではないか。殺すのではなく、生かして自分の考えを主張すべきではなかったのか。まだ十七歳の僕たちの前途には悲しみや苦しみが満ちているかもしれない。しかし、努力によって豊かな人生が創れるのではないか」

右京は、そう少年に問いかけてみたかった。昼間は聞こえない仙山線を走る蒸気機関車の汽笛が細く、鋭くまるで稲妻のように右京の耳に届いた。夜のしじまが辺りに覆い始めた。

9

Y少年は事件現場で逮捕された後、丸の内署に連行された。その後警視庁に移送され、取り調べがなされた。取り調べは厳しく、また詳細を究めた。生い立ちから事件に至るまで事細かに尋ねられた。彼はそれに対し誠に真摯に、しかも素直に詳しく答えている。記憶の確かさ、論旨の明確さには驚嘆する。ここでも彼の冷静さは貫き通されていた。

この日、十一月一日に供述調書が作成されることになっていた。彼は、この取り調べの最後の質問で「本件に対する現在の心境はどうか」と問われた。

「浅沼委員長を倒すことは日本のため、国民のためになることであると堅く信じ殺害しましたのでありますから、やった行為については、法に触れることではありますが私としてはこれ以外に方法がないと思い決行し、成功したのでありますから、何も悔いるところはありません。しかし現在、浅沼委員長はもはや故人となった人ですから、生前の罪悪を追及する考えは毛頭なくただ故人の冥福を祈る気持ちであります。また浅沼委員長の家族に対しては経済生活は安定されているであろうが、如何なる父、夫であっても情愛には変わりなく、殺害されたことによって悲しい想いで生活をし、迷惑をかけたことは事実でありますので、心から家族の方に申し訳ないと思っています」

ここでも彼は実に冷静である。と言うより己を客体化し、あたかも第三者の立場で述べているようにすら感じる。しかも、事前に質問内容を知っていて、用意した回答を述べているかのような整然とした内容となっている。本当に十七歳の少年の供述なのかと、その成熟度の高さにも驚かされる。

この日午後、Y少年は警視庁から練馬の少年鑑別所に移送された。午後二時二十分に鑑別所に到着、すぐに入所室で裸にされパンツだけを残し、すべて鑑別所で決められた衣服に着替えさせられた。その後、簡単な健康診断、および入所の心得の説明を受けて東寮と呼ばれる単独室だけの棟に入った。Y少年は二階の第一号室に入れられた。

彼の父はこの部屋のことについて「殺風景なことは当然だが、独房にしては随分広いものだな、と感じた。ベッドと便器（水洗便所のように思う）だけがあったように思う。壁はコンクリートがなまで出ていた」と描写している。

三時四十五分、少年は夕食をとる。到着後一時間二十五分後である。「警視庁で差し入れられたすしを特に許されて鑑別所に持ってきていたが、それをきれいに平らげ、さらに鑑別所の夕食である麦飯とカレー汁をほとんど食べた。鑑別所の夕食が四時と早いのは、職員が六時に帰るために逆算して出てきた時間だから」という。夕食にどれほど時間をかけたか定かではない。しかし、相伴するものとていない、いわゆる孤食であったから三十分間とかからなかったと推測される。従って、夕食後の多少の雑事があったとしても、四時半頃には就寝の準備以外、さしたることもなく過ごしたと思われる。あるいは警視庁でもそうだったように座禅を組んで過ごしたのかも知れない。

七時五十五分、教官が巡視した時は、Y少年は既にベッドの中で休んでいた。当然ながら就寝したのは七時五十五分以前である。十分前か三十分前か定かではない。重要なのは少年が早くに就寝していたということである。少年鑑別所の就寝時刻は普通九時である。

この日、少年は警視庁での取り調べ、その後の鑑別所への移送、健康診断、入所の心得の説明など慌ただしい時間を送っている。その疲れがあって早々に就寝したのだろうか。あるいは、自殺を滞りなく行うための計画的な早めの就寝だったのか。この日の状況、そして少年の繊細で緻密な性格を考えると計画的であったと思える。巡視の教官を安心させるということがその主たる目的だったのではないかと推測する。教官たちを安心させることによって少しでも計画の実行を容易にしたい、と思ったのかも知れない。あるいは布団の中でじっと聞き耳を立て、通路の気配などを探りつつ実行のシミュレーションを行っていたのかもしれない。またはそれら二つを合わせてのことかもしれない。

さらに、もし少年が七時にベッドに横になったとするならば夕食終了後の四時半から起算して二時間半の「自由な時間」があったことになる。この時間に少年は部屋の細部を観察し、自殺実行の綿密な手立てを熟考したのではないだろうか。いわば「プランの時」とも言える。鑑別所到着後からベッドに横たわるまでの所用時間は四時間四十分である。

八時三十一分に東寮二階第一号室前は騒然となる。首吊り状態のY少年が巡視の教官によって発見されたからである。七時五十五分の巡視から数えて三十六分後のことである。この時間が重要である。なぜならこの時間、概略三十分間ほどが彼の死出の旅立ちへの具体的準備時間だったと考えられるからである。「実行の時」である。

Y少年はシーツを細長く裂き、それをよって紐にした。部屋の天井には埋め込まれた裸電球が取り付けられている。その電球の周りは細い鋳物製の金網で覆われている。電球を取ってそれで何か危ないことをしないための予防策なのだろう。その金網に紐を通したのである。慎重な彼である、その紐を引っ張り、首吊りに足る強度があるかどうかを確かめたろう。その上で実行したのである。実に手際がよい。用意周到といっても過言でない。事実、息子が自殺したこの部屋を見た父親も同じように述懐している。

「三十分の間にベッドを電灯の下まで音をさせずに運び、シーツをさき、金具を通して引っ張ってみて強さを調べ、それから歯磨きで文字を書き、ベッドに上って……あるいは順序が違うかも知れないが、随分手順よくやったものである」と。

Y少年がこの鑑別所に移送されたのは十一月二日、午後二時二十分である。彼はこの鑑別所は初めてであり、ましてや単独室の様子などは知りようもなかったはずである。従って、何を使って、どのように自殺するかは、三時半頃に入室して室内を観察した上で決めたと推測される。

彼が生きていたと最後に確認されたのは七時五十五分である。首を吊った状態で発見されたのは八時三十一分、この間およそ三十分（実際はもっと短いと考えられる）という極めて短い時間である。この三十分の間に死出への準備を行い、そして決行したのである。

人間が大事をなすと言うときには様々な思案を重ねて、しかる後に行うというのが一般的である。ましてや自らの命を自らで絶つと言うときには相当の考えを巡らし、時には逡巡もするに違いない。その上、彼の場合は限られた短い時間しかなかった。しかもその間に、突然教官が来るかもしれないのだ。極めて切迫した状況で準備を行ったであろうことは想像に難くない。しかも、少年は計画したすべてを遺漏なく完遂したのである。少年は強靱な精神力をも持っていたと考えられる。

これらのことを考慮すると、Y少年はこの鑑別所へ入った時に初めて死を決断したとは到底考えられない。浅沼委員長を刺殺後、あるいはそれ以前から己が「一人一殺」を決行した後には自決するということを思い定めていたのではないかと考えられる。現に警視庁で係官との会話の中で「死のうと思えばいつでも死ねますから」と、自殺をほのめかすようなことを言っている。後は機会だけを窺っていたのであろう。

彼が大日本愛国党に所属していた頃、党員の幾人かと「一人一殺」について論議したことがあった。彼がこの一人一殺を肯定した意見を述べると、彼が尊敬し、赤尾総裁の義弟にあたる山田十衛が「たとえどのように政治的な意見が異なっても、殺すことで決着をつけようとするのは間違っている。それでは何の解決にもならない」と述べ、さらに「自分の行為は自分自身で責任を取る。他の命を奪ったら、自らの命も奪わなくてはならない」と少年を諭した。

もし、Y少年がこの山田の言葉を胸に刻んでいたらと思う。いや、恐らく彼は真っ正面からこの言葉を受け止め、行動の指針としたのだろうと考えられる。そして、聡明で、彼我にも厳しく、何事にも事理を重んじる彼は、見事にそれを成し遂げたのである。そうであれば、この迅速な判断、手際の良さも納得がいく。納得がいってもやはりこの段取りの良さ、少年の強靱な意志、変わらぬ冷静さには瞠目される。

壁は「コンクリートは灰色で、そこに歯みがきの文字があった」。これは父親の表現である。コンクリート壁に書ける筆記用具がなかったのであろう。少年は支給された粉歯みがきを水に溶き、「人さし指を筆にして」遺書を壁に記した。

七生報国
天皇陛下万才

これは決意表明のようにも読める。死出の旅に際し、自らの「忠君愛国」を改めて公にしたのであろう。しかし、肉親や同志等への遺書はないという。天皇の「天」という字にY少年の潔癖さ律儀さをも垣間見ることができる。天の下の横棒は上の横棒より短い。これが学校で教える正字である。ところが大概は下の横棒を長く書いている。少年はきちんと正字で書いているのである。さらに全体の字も丁寧に正確に、そして、同じ濃さで書かれている。ここでも細かな気遣いをしている。今まさに死なんとする十七歳の少年が容易に為せる技ではない。

その上、心の動揺もなく冷静に書いたことが窺える。この冷静さとは対極をなすのであるが、彼が書いた字には躍動感が見られる。これは彼の心の高揚を反映しているのではなかろうか。それは彼の死を彼自身が悲しさとか贖罪、あるいは自裁などと捉えているのではなく、何か次の新たなステージに向かって勇躍でもしようという気持ちを表したとも捉えられる。

また、一方で冷静さ、他方で感情の高ぶりを同時に保持している。しかし、感情、行動の破綻は窺えない。相反する感情を見事にコントロールしているようにも見える。十七歳の少年がこのような感情コントロールが出来るとは通常考えられない、と思う。

他方、親ならこれらの「遺書」を見たときに寂しさ、あるいは悲しさ、物足りなさを感じるのではなかろうか。十七歳まで慈しみ、育てたわが子ならば死に際し、せめて何かしら親への言葉を残して欲しいと願うのは人情と言うべきであろう。それがなかったのである。なぜ少年は両親への遺書を残さなかったのだろうか。

Y少年は古典に親しんでいた。また、尊敬する人物の中に吉田松陰がいた。少年は吉田松陰の著書や松陰に関する書物などにも目を通していただろう。その松陰が安政の大獄で処刑される一週間前に詠み、郷里の両親に送った歌がある。

親思ふこころにまさる親心
けふのおとづれなにと聞くらむ
（広辞苑）

Y少年がこの歌を読んでいたかどうかは明らかではない。しかし、松陰はこの時この歌を含めて三首詠んでいる。これら三首は右翼の人ならばだれでも知っていると思う。従って、Y少年もこの歌のことは知っていたはずである。繊細な心情を持ち合わせていた少年が死を目前にして松陰に倣ってもおかしくはないと思う。しかし、現実には両親への遺書はなかった。だが、少年には十分その気持ちがあったかもしれない。ただ時間的な余裕がなく、書けなかっただけかもしれない。

逆に、少年は意図的に、あるいは決然として両親への遺書を残さなかったということも考えられる。少年は「日本赤化阻止」の大義実現として「一人一殺」を掲げた。それは少年の「忠」を果たすためでもあった。九月、少年は山田治子から借りた生長の家会長、谷口雅春の『天皇絶対論とその影響』を読んで「目から鱗が落ちる」思いをする。

「私はこの本を読んで今まで自分が愛国者であることを誇りに持ち、自分の役割が国家にとって重要なものであると自負していたことを深く恥じ、私心のない忠というものでなくては本当の忠ではないと思いました。今まで私が左翼の指導者を倒せば父母兄弟や親戚友人などに迷惑がかかると考えたことは私心であり、そういうことを捨てて決行しなければならないと決心しました」

Y少年は、おそらく断腸の思いというより彼の論理の延長上で父母を切ったのかもしれない。そして、それがその時点での彼の矜持だったのかもしれない。

少年は時間が切迫していたがゆえにか、自らの矜持として両親への遺書を認めなかったかは第三者が決めることではなく、むしろ謎としておいた方が少年への礼意にかなうのかもしれない。

彼が壁に残した「七生報国」は「七度までも生まれ変わって、賊を滅ぼし国のために働く」（広辞苑）ということで、やはり「忠」のことである。足利氏との戦いに敗れた楠木正成兄弟の死に際しての言葉として有名である。

この言葉に対し、父親は「国に報ゆる方向の是非、手段の是非については」「意見を異にする」と述べている。

「国に報ゆることの大切さは知っているが、後世を信じない私にはオンリーワンでオンリーワンスのこの生命はそう簡単に投げ出せない」と。「たった一つでたった一度の命を互いに大切にしたい」という父親の投げかけである。

読みようによっては死者であるわが子を批判しているようにも読める。しかし、「個人主義、自由主義」を標榜して止まない父親の面目躍如とも言える。また、どんなことでも理非を明らかにしないではおけない父親の律儀さ、潔癖さでもあると言えよう。Y少年はこの点も父から受け継いでいるように思える。

もうひとつ疑問が残る。それは、Y少年がなぜ警視庁の拘置所から鑑別所に移った当日に自殺をしたかということである。それほどに急がなければならない理由があったのだろうか。急ぐことがあったならば警視庁の時にも機会があったはずである。独房で過ごす時があったのだから。しかし、少年はそうはしなかった。何が原因だったのだろうか。

第一番に考えられることは供述調書を取られたことではないだろうか。供述調書には少年の出生から浅沼委員長を刺殺するまで事細かに書かれている。また、犯行の動機、共犯者や指図者の有無、愛読書や尊敬する人物、そして思想の形成の歩みなど多岐に、しかも詳細にわたっている。大げさに言えば少年の脳内の全ての記憶を開陳させられ、裸にされた状態ということである。勢い浅沼委員長刺殺の一連のことをも省察することになる。少年は単独室で座禅を組んでいた。座禅は自己省察をさらに深めたに違いない。そこで感得したことは「自分の大義は完結していない」ということではなかったのか。すなわち、「国賊浅沼稲次郎誅殺」は道半ばである。「無私とすることで忠は完結する」と。「無私とは自裁」であり、「七生報国」に繋がり、そこへの道程では「天皇陛下万歳」と天皇を褒め称え飛翔する。

それでは何故警視庁から東京少年鑑別所に移送された当日、十一月二日に自殺をしたのだろうか。少年は一面において性急なところがある。思い立つと直ぐに行動せざるを得ない。また、警視庁で経験済みである係官らとの人間関係が濃密になるのを避けたかったのではなかろうか。人間関係ができ、少しでも感情の交流ができると決意が薄れたり、鈍くなる。そのことを避けたのではないかとも推量される。したがってこのことを避けるために移送された当日に決行したのではなかろうか。

また、これはあまりにもこじつけがましいが、浅沼稲次郎の法要に合わせたとも考えられる。二日は浅沼稲次郎が殺されてから二十一日目に当たる。二十一は掛け算で3×7である。すなわち三七日（みなぬか）のことである。仏式の法要日にあたる。

Y少年が仏教に関心を持っていたという証左は摑めていない。これは偶然に過ぎないだろうが、それでも何かしらの因縁を感じるのである。

Y少年の首吊り死体が発見されたのは鑑別所に到着してから数えて六時間十一分後のことであった。係官により床に下ろされた少年の「体にはまだ温もりがあった」という。もし発見が、後五分でも早ければと思う。

政治闘争はいつの世にもあった。人間がこの地球上に存在する限りこの争いは絶えないに違いない。この争いは互いに血を見るような凄惨なものもしばしばあった。このような残酷な状況を克服するため、人類は民主主義という政治形態を創り出した。それは現代に至り政治の原理や形態についてだけではなく、社会集団の諸活動のあり方や人間の生活態度まで及んでいる。その根幹をなすものは個人の自由と万人の平等である。それは話し合いに基づく。凶器を持って相手の言論を封じ込めようとしたり、自由や平等を侵すことがあっては決してならない。犯す者は殺人者に止まらず、民主主義へのテロリストでもある。

「意見の違いを殺しで解決をしてはならない」

右京の頭の中にひょいとこの言葉が浮かんできた。そして、斬馬の剣は悪夢だったと自嘲した。

参考文献

臼井吉見編著「安保・1960」筑摩書房

参考、引用文献

山口二矢顕彰会編「山口二矢供述調書　社会党委員長浅沼稲次郎刺殺事件」展転社
沢木耕太郎著「テロルの決算」文藝春秋社

風樹

（注）「風樹」とは、すでに死んでしまった親を思う気持ちのこと。

『精選版日本国語辞典』

韓詩外伝「樹静かならんと欲すれども風止まず、子養わんと欲すれども親待たざる也」による。

「風が哭いている」

そんな声が泰斗を目覚めさせた。しかし、風は吹いてはいなかった。暗闇が部屋に満ちているだけであった。

泰斗は、粘ついた目をこすりながら枕元のスマホに手を伸ばした。開いた画面の時刻は午前一時五分を表示していた。

「水くだしぁい。水くだしぁい」

隣室のベッドに臥せっている母の声であった。ヒューと喉笛を鳴らすような悲しげな声であった。これが眠っている泰斗に風のように聞こえたのだろう。

袖がめくれてむき出しになった腕がぞくりとした。泰斗はあわてて布団の中に腕を引っ込め、

「仙台の一月は寒いな。こんなに寒かったっけ」と、呟いた。

母の「水くだしゃい」という細い声は間断なく続いた。泰斗は、その声に「かあちゃん、もうちょっとだけ待ってけさい。すぐいぐがら」と、小さな声で応えた。しかし、布団の中で縮まった身体の背は、母に向けたままであった。

「水くだしぁい。水くだしぁい。容子さん、お願いしまぁす」

母の声は、妹への哀願と変わっていった。さすがに泰斗は堪えきれず、「よいしょ」の掛け声と共に、布団から身を剝がすようにして起き上がった。開いた襟首からシューと音を立てるように、体温が一斉に上昇していった。泰斗の身体がブルンと震えた。

泰斗は「おおっ寒」と言いながら、居間の戸を開けた。そして、炬燵の上に置いてある吸呑みを持つと、台所へ向かった。飼い猫のトラが「ミャーン」と鳴き声を出しながら炬燵の中から出て来た。そして、泰斗のくるぶしに頭をこすりつけながら、ゴロゴロと喉を鳴らした。床板は素足の裏がしびれるほど冷たく、泰斗はつま先立ちになったまま吸呑みに水を足した。

泰斗が実家を離れて神奈川県に住むようになって、既に四十五年が経っていた。それでも仙台駅頭に降り立つと、まるでテレビのチャンネルを変えるように仙台弁に変わる。それがまた心地よく、行動まで軽やかになっていくような気分になる。素直に「故郷はありがたい」と思うのだった。

「かあちゃん、水持って来たよ。ゆっくり飲んでよ」

泰斗は吸呑みの先を母の口元に持っていった。光を落とした蛍光灯の明かりが母の顔をやわらかく包んでいる。部屋は暖房が利いていてほのかに暖かい。突然、母の顔に険が走った。そして、鋭い視線をきっと泰斗に向けてきた。

「おめえはだれや」

思いがけない母の詰問調の言葉に泰斗の身体はこわばった。

「泰斗だっちゃ。忘れですまったの」

泰斗は感情を抑え、できるだけ冷静に答えた。しかし、まるで不審者扱いの母の言葉に内心は穏やかではなかった。

だが、直ぐにそれは痴呆がさせているものだと気付いた。分かると思わず苦笑をもらした。

「おとなげない」と思ったのである。

「ほんどのタイトが（本当のタイトか）」

母の問責はさらに続く。細く、険しい目が泰斗をじっと見据えている。普段の、物を口に入れたような不明瞭な話し方とはまるで違う。健康人が母の口を借りて話しているようなはっきりとした言葉遣いである。さすがに泰斗はむっとしてしまった。しかし、「待てよ」と思い返し、笑みをつくった。妹は、このような思いを三六五日、十年間、毎日体験しているのである。ここで怒りなどを表したならば妹に申し訳が立たないと思ったのである。

「んだっちゃ、本物の泰斗だべっしゃ、佳世ちゃんの大事な一人息子だよ」

母の険しい表情が少しゆるんだ。

「ほうが、いづ来たんだ」

「二日前だよ。ちゃんとお墓参りもすてきたがら安心すてけさい」

泰斗は念を押すように「墓参り」を繰り返した。

案の定、母のこわばった顔はみるみるうちに和やかな表情へと変わっていった。多くの記憶が失われても、先祖の供養を大切にする気持ちはしっかりと残っていたのだ。

母が臥してからもう十年が経っていた。床に就いたきっかけは、転倒による大腿骨の骨折であった。旅行先のホテル玄関前で転んだのであった。年齢のせいか骨のつきが悪く、思いの外の長期入院となってしまった。その間、急速に筋力が低下し、体力も衰えていった。入院前は年に数回は国内旅行を楽しみ、家事も難なくこなすほどの元気さであった。それが入院を契機に、これらのことが出来なくなってしまった。結果、独身の妹に一切の負担がかかることになってしまったのである。寝たきりの状態が続くうちに、記憶力や判断力、そして理解力も低下していった。痴呆になってしまったのである。

母は泰斗が差し出した吸呑みをくわえると、ゴクンと喉を鳴らして水を飲みこんだ。口の端から水がこぼれた。介護に不慣れな泰斗が、つい多く水を含ませてしまったからであった。

「あっ、ごめん。大丈夫っすか」

泰斗は慌てて枕元のティッシュを取ると、母の口元を拭いた。そして「もう少し飲むすか」と尋ねた。

「んん、もういいっちゃ」

母はそれほど喉が渇いていた訳ではなかったようだった。恐らく、夜中に目を覚まし、人恋しくなって「水」と叫んだのだろう。

気丈だった母が次第に幼児化し、時には息子と他人の区別ができなくなってしまうこともあった。そんな母を見る度に泰斗は寂しさを覚えた。また、時にはまるで人格が豹変したかのように口汚く罵る事さえあった。そんな時、泰斗は母の病を憎み、また悲しくなった。

「容子ちゃんはどうすたの」

母は何かを探すように目をきょろきょろと泳がせた。目の前にいる息子ではなく、長女の娘を求めているのであった。結局、母の最後の頼りは長女で、母子関係が完全に逆転してしまっていた。

「容子ちゃんは寝てるっちゃ。まだ夜中の一時半だがら、みんな寝でいるのっしゃ。かあちゃんもおどなすぐ（おとなしく）寝てけさい。明かりはこのまんま点けておぐがらね」

「それと」と、言いかけて泰斗は口をつぐんだ。「話しても無駄なのでは」と、一瞬思ったからであった。しかし、痴呆だから話さないというのは、母に対し不実であり、不遜であると思い直した。

「かあちゃん、三月にフィリピンのマクタン島とオランゴ島という所に行ってくるがら。現地の子どもたちに文房具などのプレゼントをするためなの。それじゃゆっくり休んで」

立ち上がった素足に、突然、畳表の目がはっきりと感じ取られた。夜半、生まれ育った家に今、確実にいるのである。総勢六人家族たちの賑やかな話し声、笑い声が走馬燈のように過った。泰斗は「家族みんなにもう一度あいたいなあ」と切ない気持ちになった。涙が滲んできた。

しかし、夜のしじまがただひたひたと泰斗に迫っていくるだけであった。

母がフィリピン行きを聞いても何の感慨を持たないことは、泰斗には重々承知のことであった。しかし、だからといって黙って行くのは何やら人情味に欠けるようであり、後ろめたくもあったのだ。実は、今回の帰省の一番の目的はこのことを母に伝えることであった。泰斗は目的を果たし、肩の荷が下りた気分になった。また、看病を一手に引き受けてくれている妹の容子にも申し訳が立つだろうと考えてのことだった。

「うん」と、母は素直に頷いた。泰斗はそっと母の手を握り、そして、その手を布団の中に入れた。元気だった頃の母の手のふくよかさは消えていた。しかも、その手は小さく縮んでしまっていた。弾力を失った皮膚のたるみとごつごつとした細い骨の感触だけが泰斗の掌に残った。

小学生の頃の泰斗は病弱な子であった。小学五年生、十一歳の頃がピークで、月によっては出席日数より欠席日数の方が多かったのである。胃腸が弱くすぐ下痢をした。また、頭痛持ちであった。頭痛が始まると直ぐに発熱し、火照った身体はけだるく、身の置き所がない状態であった。

泰斗の家族は両親、妹三人の六人であった。この頃、泰斗が育った地域では子どもが四人というのは平均的であった。母の佳世は、どこの家の主婦もそうであるように家事、育児、わずかながらの農地の耕作と身を粉にして働いた。しかし、彼女の一番の重荷、心配事は長男の泰斗の健康であった。

昭和二十八年当時、泰斗の村落にはまだ水道は敷設されておらず、もちろん、ガスも行き渡ってはいなかった。飲料水は井戸から汲み上げ、燃料は薪か木炭の類であった。

冬季夜間、発熱した息子の額を冷やすため寒風をついて井戸から水を汲む。また、胸を温湿布するためにコンロに火をおこし、お湯を沸かす。そのお湯にタオルを浸し、身体を温める。このような看護を、佳世は日常としていたのである。後年、彼女は「泰斗は十五の年を越えられないのではないかと思っていた」と語っている。泰斗自身も、子どもながらに「長生きはしないのでは」と、思っていた。しかし、泰斗が中学生の頃から健康を取り戻し始めたのである。それは偏に母の愛と苦労を惜しまない看護のお陰と言っても過言ではない。

佳世は明るく世話好きな女性であった。人が困っていると放っておけない質であった。勢い、そんな佳世に人は集まった。その中には味噌、醤油や米の無心をする人もいた。また、夫婦喧嘩の相談、仲裁、果てはけがの手当てまでこなしていた。時には猫の歯の間に挟まった大きな骨を取り出すような犬猫のケガの手当まで頼まれることまであった。そのせいか、泰斗の家には富山の薬売りの置き薬の他に、ケガの手当て用のオキシドールや赤チン、包帯一式が揃っていたほどである。

また、佳世は料理が得意であった。村落には祭りのような大きな行事の他に、様々な寄り合いや催事があった。村落の集まり事や催事には飲食が付随することが多い。そんな時には「佳世ちゃん、料理の方は頼むっちゃ」と、声が掛かるのである。

泰斗の通う小学校は、泰斗の家の斜め向かいで、五百メートルと離れていなかった。登校してくる同級生の五、六人はいつも泰斗の家に寄り、つるんで学校に行くのを常としていた。佳世はそんな子どもたちに春はぼた餅、夏はトウモロコシ、秋はおはぎ、新年にはあんころ餅などをふるまっていた。食べ盛りの子どもたちには何よりのご馳走で、この中の幾人かは、今でも会えばこの話をし、感謝をしてくれる。

しかし、夫の寛治の性格は佳世とはまるっきり反対であった。寡黙で几帳面、頑固、そして潔癖であった。それだけに人と親しく交わることは少なく、狭い世界に閉じこもっていた。日常は、勤務先の機関区と自宅を往復するか、農地の耕作をするかのいずれかであった。たまに趣味の魚釣りをする程度であった。生活を楽しむなどということは毛ほどもなかった。従って、職員の福祉の一環として支給される家族無料乗車券なども一度として利用したことがなかった。蒸気機関士という狭い空間での孤独な仕事も寛治の資質形成に反映していたのかもしれない。こんな生真面目な寛治を、人々は「国鉄ダイヤ」と少しの敬意と揶揄を込めて呼んでいた。しかし、心底には優しさが潜んでおり、貧しい隣人や病人には救いの手を差し伸べることは度々であった。隣家の七十過ぎの老女が病の床にあった。明日をも知れぬ身であった。その彼女が「鯉こくが喰いたい」と言うのを聞きつけた寛次は、近所の沼を半分に分けて一方の水を掻きだし、見事鯉を捕まえたのであった。進呈された鯉はさっそく鯉こくにされ、老女は涙を流しながらそれを食したという。

しかし、元々性格の違う夫婦であった。気が合うはずはなく、齟齬が多かった。性格の違う同士がどうして結婚したのか、泰斗はそんなことを母に直接尋ねたことがあった。二人は同じ村落の住人で、しかも遠縁であった。遠縁であるため、親同士は交流があった。しかし、本人同士は名前を知っている程度であったという。結局、この親同士の親交が二人の結婚を決定づけてしまったのである。当時、親の決めごとに子どもが反対するなどということはご法度であった。

佳世が何かの拍子に泰斗たちに語ったことである。

結婚式の夜（いわゆる初夜）、寝室には姑と姑の母親二人が、中風（脳卒中）で病臥していたのであった。佳世の最初の仕事は、この臥せている二人の便をほじくり出すことであったというのである。当時、ビニル袋などあるはずもなかった。素手である。その手を石鹸で幾度も洗ったにもかかわらず、食事時に口へ持って行った指先からプンと便の臭いがして、食欲は止まったという。時には、嘔吐さえしそうになったというのである。泰斗はこの話を極めてリアルに記憶している。傘寿を迎える今も、見てはいないはずのこの光景が、ありありと眼前に浮かぶのである。

寛治は妻が外出することを嫌った。寛治の独占欲、あるいは嫉妬心が原因かもしれない。そんな訳で佳世は、父が在宅の時はできるだけ外出をしないようにしていた。しかし、家庭の主婦にもどうしても外せない所用というものがある。そして、外出すれば相手の都合などで、決めた時間に帰宅できないこともある。そんなとき、妻の帰宅を今か今かと待ち構えていた寛治は、大声で叱りつけるのを常としていた。それに対し、口答えでもしようものならば暴力さえふるった。土地言葉で短気なことを「たんぱら」、気難しいことを「いんぴんたかり」という。寛治は、たんぱらでいんぴんたかりの典型であったのである。さらに悪いことに、寛治は酒癖が悪かった。酒が進むごとに顔は青ざめ、目が据わってくる。グローブのような手の指が握ったり開いたり、また指で輪を描いたりするようになると限界であった。暴れ出したらだれにも止められない。家族は居間の片隅に固まって避難する以外手立てはなかった。ひたすら眠り落ちるか、倒れることを願うだけであった。

泰斗は、こんな父をひどく憎むこともあった。「父のようなたんぱらにはならない」「あんな悪い酒飲みにはならない」と強く思った。しかし、悲しいことに憎んだ筈の父の血が紛れもなく流れていることを泰斗は思い知ることがあるのである。

佳世は夫が在宅の時は常に緊張し、気を緩めることはなかった。そんな夫をなんとかなだめ、すかしながら家庭生活を維持していた。だが、悪いことだけではないのが世の常。寛治は仕事柄夜勤もあり、昼間も勤務につくことが多かった。それが佳世にはいい息抜きになっていた。

寛治が亡くなった後、佳世はまるで水を得た魚のごとく旅行に観劇に、そして寺巡りと楽しんだのだった。夫に抑圧された月日を取り返す如くであった。

そんな佳世は、今、寝たきりで、介護されての生活である。だが、積善の余慶と言うべきか、長女からは寝食を忘れての介護、孫たちも時折訪れての励まし、近隣の知人友人の訪問と、人々の優しさや思いやりに包まれての平穏な日々を送っている。さらに介護施設や医療機関から手厚いサービスと看護を受けている。母の心中は確かめようがないが、幸せと思える日々はあるのではないかと、泰斗は思っている。

母親の安定した状態を確認した泰斗は、ほっとした思いで相模原の自宅に戻った。ところがその二日後の晩のことであった。いつもより早めに入浴を終え、寝室に行こうと居間の柱時計に目を遣った。針は九時二十分を差していた。いつもの就寝は十時半頃である。床に就くには早い時刻と思った。しかし、旅行の疲れの残りを感じていたので寝室に向かった。寝室の扉に手を掛けた時であった。固定電話のベルが鳴った。妻が台所から勢いよく駆けつけて来た。電話台に取り付くと受話器を取った。妻は何故か電話に固執しているところがある。妻の話しぶりに耳をそばだてていた泰斗は、直ぐに妹の容子からのものであることを理解した。悪い予感がした。

「あなた、容子さんから。おかあさんの具合が良くないそうよ」

予感は的中してしまった。どうやら風邪を引き、発熱したのだ。三十八度である。

「仙台にもどろうか」

泰斗は妹に言った。

「お兄さん、おかあさんは大丈夫よ。薬も届けてもらって飲んでいるから」

早めの受診が大切と、経験から学んでいる容子は、用意周到である。薬は薬剤師が届けてくれる。至れり尽くせりのシステムである。仙台市の福祉政策の一環としての事なのか、それとも母が世話になっている医療施設の方針なのかはっきりしない。しかし、泰斗には羨ましい限りである。

「実はね、お兄さんがいたときに話しておけばよかったのだけど、加奈子も調子が悪いのよ。今すぐというわけではないけど、乳癌なの。精密検査はまだだけどだいぶ進行しているみたい。ちょっと頭に入れてほしいと思い、連絡したのよ」

「うーん」と唸り、泰斗は天を仰いだ。悪い時には悪いことが重なるものである。加奈子は泰斗の二番目の妹である。「こんな状況で海外に遊びに行ってよいものか」と泰斗は逡巡した。

「でもおかあさんの容体は大丈夫だから、それに加奈子も直ぐにどうなるということではないからそんなに心配しないで」

まるで泰斗の気持ちを見透かしたようなことばであった。

「お見舞いに行かなくて大丈夫かな」

「大丈夫よ。心配しないで行ってきて。その代わりドライマンゴーを忘れないで」

「ドライマンゴーを忘れないで」というこの一言が泰斗の心を軽くした。容子の気遣いであった。一度土産として送って以来、このマンゴーは容子の大好物となったのである。

それにしても、と泰斗は思った。旅の前にしては喜ばしい事態ではないな、と。

旅券の購入はｅツアーを通してであった。出発予定は成田国際空港、二月二十八日午後二時二十五分発、帰国はセブ国際空港、三月十三日午前八時発である。往復共にフィリピン航空である。チケット代六万九千百九十円は、既に二月九日に振り込み済みであった。今までならもうチケットを手にしているはずであった。しかし、インターネットで確認したのは二月二十二日である。そこには「ご出発間近なお客様へ『旅の準備』のご案内」が添付されていた。そして、「パスポートの有効残存期限は大丈夫ですか？」という注意書きがあった。泰斗は八月であることは承知していた。六ヶ月の残存期間がありぎりぎり間に合うと思っていた。注意書きには、例としていくつかの国の有効残存期間が例示されていた。フィリピンもその中にあった。そこに「六ヶ月プラス滞在日数」とあった。それを読んで泰斗は愕然としてしまった。慌ててパスポートを取り出し、調べた。調べると半月余り残存日数が足りないことが分かった。泰斗の頭の中は真っ白になった。直ぐに携帯を取り出すと厚木のパスポートセンターに電話を掛けた。電話は厚木ではなく、横浜のパスポートセンターに繋がった。そこで事情を話し「何とか出発前日の二十七日までに再発行してもらえないか」と頼み込んだ。係員は「それなら直接厚木パスポートセンターに話してみて」と言い、電話を厚木のセンターに回してくれた。

厚木の職員の対応は丁寧であった。切羽詰まった状況にある泰斗にはとてもありがたかった。二十二日中に手続きが完了すれば、三月一日には新しいパスポートを再発行できるという。しかし、それでは二十八日の出発には間に合わない。今回は、友人の浜田が同行することになっている。浜田は昨年十月、マクタン島のダイビングショップでスキューバダイビングのライセンスを取得して以来、今回二度目の訪問となる。泰斗のパスポートが再発行されなければ浜田一人で行動しなければならない。現地ダイビングショッピングのインストラクターが付き添ってくれることになっているが、何かと心もとないことが出来するのは必定である。さらに、今回の訪問の目的は、オランゴ島スバ村民、なかんずく、現地子どもたちへ文房具や衣類のプレゼント、さらに日本の児童たちの絵画や手紙を手渡しすることなのである。これは、泰斗が主催する「教育ボランティア協会」の活動の一環として以前から行っていた。小学校訪問と合わせると、既に十回ほど実施している。

スバ小学校の子どもたちへの支援の切っ掛けは、この学校を訪問したことからである。当時、この学校は、四年生までの児童が在籍するいわゆる分校であった。子どもたちの使用する鉛筆、ノートや紙などの質がとても悪かった。また、クレヨンなどの数も少なかった。

初めてスバ小学校を訪問したとき、子どもたちや先生方から大歓迎を受けた。授業中にも拘らず校内を案内してくれ、校長室でもてなしてくれたのである。帰るときには見送ってさえくれた。このほんのわずかの交流が、泰斗の心に強く残った。これが交流、支援の直接の動機であった。

この時、インストタラクーのディノと何気ない会話の中で太平洋戦争の話が出た。この戦争ではフィリピン民間人が百万人以上、日本軍は四十三万人が戦病死したと言われている。日本軍の蛮行もあった。その話の中でディノは、実は、と話し始めた。このオランゴ島でも日本軍の蛮行があったというのである。赤ん坊などを空中に放り上げ、銃剣で刺し殺した、というのだ。教科書にも載っているという。この話に泰斗は大きなショックを受けた。そしてまた、申し訳ないという気持ちに襲われた。

ディノは口には出さなかったが、泰斗との長い付き合いで「話してもいい」と判断したに違いない。泰斗は心から「済まない」と詫びた。ディノは「もう昔の話、今は友だち、モンダイナイ」と言ってくれた。こういう「日本人が知らないだけ」ということは、東南アジアにはたくさんあるのでは、とその時痛感した。それ以来、オランゴ島スバ村の事が頭に焼き付いた。また、東南アジアにはこのような「日本人だけが知らない、知らされていない」という話がたくさんあるのではないかとも思った。それ以来、東南アジアを旅行するときは、謙虚に振る舞うようにしている。

また、スバ村民、なかんずく子どもたちには日本から衣類や文房具などを持参し、上げている。主食の米が高騰したときにはマクタンで米を購入し、配布したこともあった。また、現地支援のスタッフと共にご飯を炊き、料理を作って給したこともあった。これらのことも交流、支援を始めた契機である。

これを単なる自己満足と批判する人もいるが、泰斗はせめての贖罪と思い、行っていることである。

このような事情を知悉している泰斗が行けなければ、この支援・交流は円滑にいかないのである。これらのことが二十七日までにパスポートを発行してもらわなければならない理由であった。

ところが、泰斗をさらに追い詰める難事が起きてしまった。二十六日が土曜日、二十七日が日曜日であった。必然的にこの両日はセンターは休みである。その分、発行手続きも遅れるのである。計算上、二日間の日数が上積みされるのである。それを知った時、さすがに泰斗は愕然となってしまった。とても二十五日までには発行されないだろうと、愕然となったのである。そうなれば交流、支援が出来ないだけではない。既に購入した航空券やホテル宿泊のキャンセルもしなければならない。三月は日本の大学が春休みということがあって、セブへの航空便はどの便も満席に近い。パスポート再発行後、改めて航空券を取得しようとしてもかなりの確率で難しい。泰斗は絶望的な気持ちに陥ってしまった。しかし、最善を尽くそう、という気持ちは萎えてはいなかった。むしろ逆であった。彼は何としても二十五日までに再発行のパスポートを手にしようと決意をした。

センターの担当者は山口と名乗った。彼は泰斗の事情を丁寧に聞いてくれた。さらに事情にも理解を示してくれたのだ。そして「旅券緊急発給・早期発給願い」という制度があることを教えてくれた。山口の口調には、その制度が許可されるならば、二十五日にまでパスポートの発行が可能であることを滲ませていた。泰斗は一筋の光明を見た思いであった。しかし、それには厳しい条件がついていているという。当然なことだと泰斗は納得した。

まず緊急、不測の事態によること。私的な事情は許されないこと。公的な理由、目的があるということ。渡航者が申請本人であること。前もって旅券の申請ができなかった理由が納得できるものであること。などが必要であった。そしてこれらのことを文書で願い出る、ということであった。とにかく本日中に書類を作成するのが絶対条件であった。追い詰められた泰斗であったが突然信じられないような猛烈な気力が湧き出てきたのである。

その泰斗の気力に、職員の山口も応えてくれたのである。まず、泰斗は申請書類の受領、そして書類記入の説明を受けるためにセンターに足を運ぶ必要性がなくなったのである。職員が電話で事情を聞き、説明をしてくれたのである。特に、泰斗が代表の教育ボランティア協会とスバ小学校やスバ村民たちとの交流や支援活動に関心と理解を示してくれたようなのだ。そのこともあってのことだろう。「発給願いの用紙をＦＡＸで送るのでそれに記入して返送して」と、極めて好意的な返答をくれたのである。何としても二十二日中に書類を仕上げなければならない正に緊急事態で、絶体絶命の追い詰められた状況にある泰斗である。書類を取りに行く一時間ほどの時間を節約できることはこの上ない僥倖であった。山口とのやり取りを終えたのは十二時半ごろであった。幸い住民票の提出は必要なかった。これでまた時間が節約できた。ただし、パスポート用の写真一枚が必要であった。これも、ボランティア協会の直ぐ近くに証明写真撮影スタンドがあった。念のために正式書類の提出締切時刻を尋ねると午後四時半であった。泰斗は五階からの階段を逆落としに駆け下り、スタンドへと走った。山口という職員との出会いを契機としてすべての歯車の回転がうまく回り始めたのである。泰斗は感謝しても感謝し切れないと思った。

旅券緊急発給・早期発給願いの書類には六つの記入項目があった。その中で最も苦労したのは「理由」であった。泰斗は十年近く交流と支援を行っているスバ小学校が四月から夏休みに入るため、二十八日にはどうしても出発しなければならない。また、同行の浜田は、今回、初めての学校訪問であるため事情に疎いこと。また、英語での会話が不十分で意思疎通がうまく行えないこと。従って、泰斗本人が行かないことには目的が果たせないこと。これらを理由として挙げた。時間に追われての文書作成である。誤字、脱字には注意を払った。こうして二時ごろには文書を作り上げFAXで送信することができた。泰斗は電話で送信した旨をセンターに伝えた。しばらくして山口から電話があった。「上司に文書を上げるので現地での日程表、協会の規約、現地スタッフとのやり取りを証明する文書を送ってくれ」ということであった。泰斗は大急ぎで日程表を作り、現地スタッフの役員名簿、これまでにもらった礼状などを用意した。そして、FAXで送信した。三時過ぎ、山口から「正式な書類を持参してセンターに来所して」という文書があった。市役所勤めの経験のあった泰斗は、決裁権のある課長までに書類が上がると確信した。よほどのことがない限り決済はなされるだろうと胸が高鳴った。しかし、早合点は禁物である。また、余計な期待は無用だと、自らを戒めた。持参する書類を三重にも点検して小田急相模原駅に急いだ。センターへの直近の駅は本厚木駅である。

相模原駅から本厚木駅までは各駅停車の電車で十八分ほどで着く。腕時計で確認すると三時二十五分であった。程よく三時二十九分発の電車がやって来た。電車に乗り込むや、泰斗は空席にまっすぐ進み椅子に着いた。途端、泰斗の口からフーという吐息が音を立てて洩れた。泰斗は目を瞑り息を整えた。パスポートセンターに着いたのは四時を少し回っていた。

受付で事情を話すと「少しお待ちください。担当に伝えます」と、女性職員が答えた。センターには平日、しかも終業時刻直近にも拘らず二十人ほどの客がいた。文字通り少し待つと、呼び出しがあった。カウンターに行くと華奢な感じの男性が「お待たせしました。渡辺さんですね。書類をお見せください」と、抑揚のない口調で泰斗に言ってきた。胸のプレートには「山口」と記されていた。泰斗は、はっとなって彼にお礼を述べようとした。しかし、彼はその隙を少しも与えてくれなかった。泰斗は堅い口調で「お願いします」とだけ言い、持参した書類を山口に渡した。彼は書類を確認すると「上司の決裁をもらいますのでお待ちください」と言うと、別室に向かった。

「決済」という言葉を泰斗は聞き逃さなかった。これでパスポートは再発行されると確信した。待ったのは十分間程であった。泰斗は再び呼び戻された。そして「新しいパスポートは二十五日午前九時以降から受領可能です」と伝えられた。急に肩の力が抜けてしまった。しかも極めてあっけなく思えた。他方で、我ながら獅子奮迅の半日だった、と自分を褒めたい気分になった。

三月のマクタン島は乾期に入る時期である。灼熱の太陽光線が容赦なく降り注ぐ。だがここも例に漏れず異常気象で、乾期というのに雨季特有のスコールが時折襲ってきていた。

この日、泰斗は早朝のスキューバダイビングを切り上げると、そのまま同行の浜田と共にオランゴ島へ渡る船着き場の桟橋へと向かった。島のスバ村の子どもたちへの支援のためであった。このスバ村訪問はこの日で四回目であった。村民への連絡は、ダイビングインストラクターのディノがやってくれた。ディノは、この村に住む彼の伯父に準備などの手配を依頼していた。ディノと泰斗との付き合いは既に十年を超えていた。

オランゴ島にあるスバ村は、マクタン島の東五キロメートルほどに浮かぶ小さな島である。沖から見ると板を浮かべたような平たい島で、島全体がヤシの木で覆われている。ゆったりと時間が過ぎる静かな島で、観光客は極めて少ない。マクタンからは船で四十分間ほどの距離である。

ディノの伯父の家は、まばらなココヤシの中にあった。このヤシの途切れた先がマングローブの林である。その林の先、遥か南方にボホール島、北東にレイテ島が薄青くもやって見える。ヤシの下の地面は細かな砂でひんやりと冷たく、素足には殊の外心地よかった。ヤシの日陰に入ると海からの風が涼しく、そして、やさしく頬を撫でる。熱帯とは思えない快適さである。陽の、射すような光も嘘のように柔らかになる。これが海洋性気候なんだと、泰斗の表情がゆるんだ。

車などの騒音はほとんど聞こえてこない。音らしい音と言えば時折聞こえる鳥の鳴き声、そしてヤシの葉を鳴らす風の音だけである。時間が眠そうに過ぎて行き、せわしなく働く村民は一人もいない。ここでは「馬車馬のごとく働く」者も、またそういう言葉も存在しない。ただどこまでも透き通る青い空と純白な雲、そして身体を吹き抜けていくような風があるだけである。時折引き込まれるような静寂が訪れ、心をさわやかにしてくれる。

ディノの伯父の家の近くには、既に百人ほどの人だかりがあった。子どもたちだけと思ったら幼児から老人までいた。小さな子どもたちはヤシの下で追いかけっこをしたり、また、ボール蹴りに興じたりしていた。女の子たちはおしゃべりに余念がない。その中には乳飲み子を抱いた母親や杖を突く老婆も混じっていた。昨年訪れた時に高校生であった女の子は赤ん坊を抱いていた。尋ねると実子だという。「おめでとう」と言うと、はにかみながら「サンキュー」と応えてくれた。

伯父の家人たちにも手伝ってもらい、文房具などのプレゼントはあっという間に配り終えた。品物を手渡す度に子どもたちは顔を上げ「サンキュー」と言ってほほえんでくれた。中には、恥ずかしがって何も言葉を発しない子もいた。が、そういう子でも膝を折り、泰斗の手を取ると額に当て、感謝の気持ちを表してくれた。

ぽつんとヤシの木にもたれている老婆の姿が泰斗の目に入った。先程杖を突いていた老人であった。見たところ九十歳は超えているかと思われた。顔に刻まれた幾筋もの深い皺、枯れた手、皮膚はたるみ、骨が浮いていた。チョコレート色の肌はつやがなく、頭髪は白髪で薄く汚れており、櫛は入っていないようであった。着ている服はところどころにシミがあり、全体に黒ずんで元の白さは失われていた。子どもは十二人、孫の数は分からないと言う。生まれた正確な年も知らず、「年齢は八十歳ぐらい」と言う顔には、はにかんだ笑みがあった。泰斗はこの老人を目の前にして、一切の虚飾を取り去った真の人という言葉が脳裏に浮かんだ。死にゆく人にとって何歳であるか、衣服が美麗であるか、いくらお金を懐に抱いているかなどというものはいかほどの価値もなく、必要性もない。

「ハッピーですか」と問うと「ハッピーだ」と、笑顔いっぱいで答えてくれた。笑顔の中の瞳は白く濁って、焦点が定まらないように見えた。しかし、その目は静謐で慈愛に満ちているように泰斗には思えた。

泰斗は母を思った。そして、母は果たして幸せなのだろうか、と自問した。問えばおそらく母は黙するだけと思われる。場合によっては、「早くとうさんのところへ行きたい」と答えるかも知れない。しかし、静かに、安らかにが最大の贈り物であり、望みなのだろう。

母は公共の介護と娘の手厚い看護を受けて日々を過ごしている。週二回の入浴サービス、月に一度の医師、看護師の訪問、さらには薬剤師が薬を届けながら様子をも聞いてくれる。その上、月に二回、三日間ほど施設での宿泊サービスまで受けている。常に清潔な寝具に包まれ、顔色もよい。しかし、天井からは栄養剤が入った点滴瓶が吊り下がっている。この栄養剤は胃瘻(いろう)を通して胃の腑に十分な栄養を届け、母の命を保証してくれている。その代わり、母は食を味わうという大きな楽しみを失ってしまっていた。また、ほとんど一日中寝たきりである。こんな母に「幸せか」と、問いかけるのはとても酷なことである。それでも泰斗は母に訊ね、母から「お陰で幸せでがんす」という答えを聞きたいと思うのである。母が逝った後、その言葉は泰斗や妹たちを安堵させるに違いない。言葉こそが最大の証、と泰斗は信じるからである。

「仙台の寒い時期だけでもこのオランゴ島に避寒させたらどうなのであろうか」。ふと泰斗の脳裏に浮かんだ。直射日光を避け、ヤシの木の下に簡易ベッドを置き、ゆっくりと半日を過ごす。時折ベッドから半身を起こし、海を見る。適度の湿気を含んだ海洋性気候の風は肌に優しく、心のマッサージも兼ねてくれるはずである。そして、たまには村の年寄りたちに来てもらい昔話をする。お互い言葉は通じなくても、母にはこの地の年寄りたちの優しさ、いたわりが心に染み入るに違いない。

こんな話を母にしたら「なあにあっぺとっぺ（とんちんかん）なはなすっこすてんだ」と一笑するのがせいぜいだろう。分かりきった母の返答を思うと、「おしょすくて（恥ずかしくて）とても言い出せないな」と、思わず泰斗は苦笑した。

「タイトさん、そろそろ帰りますか」

泰斗の妄想を破るかのようにディノが声を掛けてきた。

「今何時」

「一時二十分。今帰ればブーヨンには二時頃に着くね。ちょうどよい」

泰斗の問いに、ディノが笑顔で応えた。

「そうすると日本は今、二時二十分か。桜前線はどこまで来ているのかな」

ふと泰斗は日本のことを思った。そして、帰り支度をしながら風に揺られているヤシの木に目をやった。優に十メートルはあるかと思われる。見ていると、一人の少年がましらのごとくスルスルとその木に登り、あっという間にヤシの実を五個ほど落とした。ヤシの実が砂地の地面に落ちるたびにドスンという鈍い音がする。すると、そのヤシの実をディノの伯父が拾い、その先端を器用に鉈で切り落とした。そして、開いた穴にストローを入れると「飲んで」と実を泰斗に手渡してくれた。実の中の少しぬるいジュースを飲むと、程よい甘みが口の中に広がった。渇いた喉にはこの上ないご馳走で、泰斗は息もつかずにごくごくと飲んだ。飲み終わると、伯父がヤシの実を横二つに割った。その半分にスプーンを添えて泰斗に渡して寄越した。そして食べる身振りをし、「ヤミー」と言った。泰斗はこのココナツをこれまで幾度も食べた経験がある。しかし、採りたてのココナツを口にするのは初めてであった。淡白ながら空腹時には立派な食材として役に立つ。泰斗も「おいしい、ヤミー」と応えた。伯父は「そうだろう」というように満面の笑みで返してきた。島では地面を少し掘ると、水が湧いてくる。しかし、塩分を含んでおり、飲用には役立たない。島のこのような厳しい環境にヤシが生えているというのは、正に天の配剤である、と泰斗はしみじみと感じ入った。

その時であった。泰斗のケイタイの着信音が鳴った。メールの着信音である。マクタンに来て以来、ケイタイはほとんど使っていない。「誰からかな」と思いながら開くと、友人の白木からであった。

「大地震が発生、マグニチュード8・4。現在伊勢原近く。大渋滞で動きません。仙台が大変です」

午後一時五十七分であった。日本時間では三月十一日午後二時五十七分、大地震発生から既に十一分経過していた。

続いて二時五分、

「宮城の震度7から8です。携帯は関東周辺は繋がりません。津波が来るそうです」

白木は、泰斗の故郷が仙台であることを知っていた。そのためわざわざ仙台の情報も伝えてくれたに違いない。泰斗はそう思った。

「マグニチュード8・4。まさか、嘘だろう」

泰斗は信じられない気持ちであった。というより信じたくなかった。「仙台」と言う文字に泰斗の目が釘付けになった。身体がカッと熱くなっていくのを泰斗は感じた。

さらに二時十分、泰斗の自宅の近所に住む娘、真紀からであった。

「関東周辺で震度6強の地震がありました。私は大丈夫です。棚から砂糖ビンが落ちました。ケガはしていません。真紀」

自宅のある相模原も影響があるのだ。泰斗はますますただ事ではないと思った。

「浜ちゃん、日本が大変らしいよ。大地震だって。今、白木さんからメールが入ったよ」

「震源地はどこ。震度は」

不安な声で浜田が畳みかけてくる。

「はっきりしないけど、どうも東北地方みたいだよ。しかも震度は7だって、相模原も大揺れだって」

「震度7」

浜田は「な・な」と大声を上げ、「あ」を長く伸ばした。浜田の顔がサアッと青ざめていくのが分かった。彼の実家は福島市内にあった。その上、座間市の自宅には妻が一人で留守番をしていた。

「日本だいじょうぶですか」

ディノが心配そうに泰斗の顔を見詰めている。

「日本で大きな地震が起きたみたい。それで白木さんから連絡が入ったの。今のところは詳しいことが分からないんだよ」

楽天的なディノもさすがに表情を曇らせている。

「そうですか、泰斗さんや浜田さんの所はどうですか。急ぎませんから日本とゆっくり話してください」

ディノの優しい心遣いに泰斗は目頭が熱くなった。

「座間や相模原は大丈夫だよ。問題は東北地方だね。仙台が大変だ、とあるから」

泰斗の言葉に、浜田は声をも出さず「うむ」と唸るように頷いただけであった。

「ディノ、日本はどうやら大変なことになっているみたい。ちょっと出発が遅れるかもしれないけど、もう少し様子を確かめてから出発したいけどいいかね」

「だいじょうぶ、もんだいないよ」

ディノのこののんびりとした受け答えは泰斗の気持ちを和らげてくれる。浜田にしても同様だった。「浜ちゃん、少し遅れてもいいよね」という泰斗の言葉に、浜田は「問題ない」と答えた。その瞬間泰斗と浜田は顔を見合わせ、笑った。ディノは二人を見て不思議そうに首をかしげていた。

「マグニチュード8・4です。水道管があちこちで破裂しています。今、病院の帰りですが、高速道路は止まっています。そのため一般道に迂回して来た車で大渋滞です。道路は川のようになっています」二時三十分、再び白木からであった。

白木の母は認知症なのだ。他に合併症もあり、しばらく伊勢原にある東海大学附属病院に入院していた。その後退院したのだが、一週間に一度の回数で通院していた。その病院からの帰途であった。よりによって週一度の通院と大地震が重なるとは運が悪かったとしか言い様がない。しかし、けがをしたわけでも何かしら損壊したわけでもない。渋滞程度で済んでいることは幸いとすべきかもしれない。

「こちらフィリピン、マクタンは何の異常もありません」

泰斗も返信をした。しかし、彼が打ち込む字数は少しずつ限定されるようになってきた。

泰斗は、咄嗟に三十三年前の宮城県沖地震を思い出した。

その地震で、泰斗の実家は旧屋とそれに接続した増築家屋は分離し、襖を始め廊下のガラス戸などの戸という戸は全て外れ、その多くは吹き飛ばされた状態であった。戸棚などに収納されていた食器はことごとく落下し、割れた。床に置かれた冷蔵庫などは室内を走り、ある物は横倒しになった。昔ながらの厚い塗り壁の多くは剥がれ落ちて床に散乱し、竹の骨組みが露出していた。屋内の柱の幾本かはねじれ曲がっており、地震の強烈なエネルギーを示していた。家の中の床は足の踏み場もなかった。瓦の大部分も軒下に落下し、散乱するという無残な状態であった。飼い猫のチャコは飛び出したきり、一週間ほど帰って来なかった。猫さえも恐怖におののき、平常心を失ったのである。結局、家は建て直すほかなかった。この時、父は五十七歳で既に退職し、ある職員寮のボイラーマンとして再就職していた。多少の退職金の蓄えがあったとしても、日々の生活はぎりぎりであったはずである。この時、国からの支援は、住宅建築資金借入金利息の一部補助だけであった。

「まさかあの当時の宮城県沖地震より強いはずはないだろう」

泰斗は自身に言い聞かせるようにつぶやき、「もし強かったら実家は壊滅だ」という言葉を飲み込んだ。そして、逸る気持ちを抑えながら実家の固定電話の番号を押した。着信を知らせる音が響いている。「繋がっている」と、泰斗はほっとした。そして「早く出て、早く出て」と祈りながらケイタイを耳に押しつけた。しかし、呼び出し音はいたずらに鳴るばかりであった。泰斗は二度、三度と掛け直した。だが、三度目にはツーンという通話不能の音が無情に鳴っているばかりだった。

「倒壊家屋で圧死」という文字が泰斗の脳裏をかすめた。しかし、泰斗はかぶりを強く振ってその不吉な言葉を追い払った。そして「きっと避難している」と、自分に言い聞かせた。

「地震大丈夫ですか」

鹿児島の尚子からだった。尚子とはダイビング仲間である。グアムでたまたま一緒になり、それ以来都合がつくと一緒に潜っていた。尚子の気遣いに泰斗はほろりとした。人が苦しみや悲しみの縁にあったとき、ちょっとした優しさ、気遣いがどれほど助けになるか、泰斗は尚子の言葉に痛いほど知り、教訓としなければならないと思った。

「ただ今マクタン。自宅は無事そう、仙台の実家とは連絡取れず。母と一番上の妹の安否が気遣われます。十三日帰国予定」

「おかあさんと妹さん心配ですね。ご無事をいのっております。それから成田の状況調べました。成田空港は現在閉鎖中だそうです。十三日までには再開されることを祈っております」

すぐに返事が返ってきた。海外旅行慣れの尚子らしく、泰斗の帰国が間近なことを知って成田空港の状況を知らせてくれたのだろう。持つべきは友だと、泰斗はありがたく思った。

大地震当日のことだから空港の閉鎖は当然である。問題は一日おいての十三日にフライトがあるかということである。もし、十三日に飛行機が飛ばないとすれば、フィリピン航空を取り扱っている旅行会社に行き、フライト日付変更の手続きをしなければならない。フィリピンの旅行会社の窓口の女性は、日本の旅行会社の窓口に比べ概して不親切である。それに早口で、泰斗のヒヤリング能力ではとても追いつけない。

「困ったな」と、泰斗は浜田に話した。浜田は大地震の被害の心配もあったが、この帰途の便についても気に病んでいたという。

離れて帰り支度をしていたディノを浜田が呼んだ。そして、事情を話した。

「だいじょうぶ、もんだいない。私の妹は旅行会社です。すぐ調べられます」

「モンダイナイ」がまた始まったかと、泰斗は苦笑いをしながら浜田を見やった。浜田も「またか」という風な表情である。しかし、妹が旅行会社勤務となれば話は全く違ってくる。

「これで帰路のフライトの有無についての情報収集は安心だな」

浜田の言葉に泰斗は、ほっと胸を撫でおろしたのであった。しかし、心配事は尽きない。旅の終盤になって二人の手持ちの現金は、日本円にしてそれぞれ三万円ほどであった。もし万一、再度航空券を購入する羽目になったら借金するしかない。しかし、借金する相手はディノしかない。その時、彼は「ダイジョウブ」と言ってくれるか。また、フィリピンでは予想もつかないことがしばしば出来する。物事が終了するまでは気が抜けないし、安心もできないのである。とにかく成田に着くまで気を抜かないことである。海外で失くしてはならないものはパスポートとお金、してはならことは病気と怪我である。泰斗は改めてそれらのことを肝に銘じた。実は五年ほど前、泰斗はパスポートと持参していた現金の八割ほどをセブ島のレストランで盗難にあったことがあった。オープンテラスで寅さんの話で盛り上がっていた。客は泰斗たちの他、現地の女性二人だけであった。泰斗は貴重品の入った肩掛けバッグを椅子の上に置いて、トイレに立った。帰って見たらバッグはなくなっていた。テーブルの下や周りを必死に探したが見つけることはできなかった。同行の友人たちも怪しい人の姿は全く見ていなかったという。まるでキツネにつつまれたような気分であった。

しかし、原因が分かった。泰斗たちのテーブルは道路に面していて、その境は白いペンキの塗られた鉄格子のようなもので、その下部と地表の間は子どもならばなんとか通れる空間である。

子どもは（多分複数）先端を曲げた針金を持ち、匍匐前進でテラスの中に潜り込み、針金の先端にバッグを引っ掛けて慎重に降ろし、音が立たないよう手で受けると脱兎のごとく逃げたのであろう。寅さんの話に夢中だった仲間たちは、その巧妙な窃盗に気づかなかったのだ。その後、渡航証明書を受けるまで日本領事館、警察署、写真屋、空港事務所、出入国管理局と駆け回った。神経を削り、時間をかけ、その上、なけなしのお金から二万円ほどの「袖の下」（なんと警察官も含む）を要求され（半ば脅迫）泣く泣く支払った（強奪された）のであった。表現は悪いが、盗人に追い銭のようなものである。

「ところで浜ちゃんの実家の方はどう」

「震源地はどうやら三陸沖らしい。津波も発生し、死者も相当数みたい。それに、福島の原発も津波に襲われたらしい」

浜田の妻からのメール内容であった。

「原発が津波に襲われた」

思わず泰斗は声を大きくした。

「それがほんとだったら大変なことだよ。チェリノブイリの二の舞になるかも。そうなったら福島には人間が住めなくなるよ」

泰斗は思わず怒気を含んだ言葉を吐いた。そして、直ぐに後悔した。いたずらに浜田の不安感を高めるだけだと思ったのだ。

「そうだね」

浜田はうつむいたまま力なく頷いた。彼の実家にはやはり両親が住んでいた。当然ながら両親の安否が頭をよぎったに違いなかった。

「直ぐに実家に連絡しなくちゃ」

浜田は絞るような声で言った。

泰斗も浜田の声に押されるように「妻に電話しなくちゃ」と言って、「あっ、妻は伊豆だ」と小さく叫んだ。彼の妻は陶芸家で、南伊豆の山中に窯場を持っていた。この日、妻はこの窯場へ行くことになっていた。しかも、そこは携帯電話の電波が届かない区域であった。泰斗は彼の自宅から五分ほどの所に住む娘の真紀に、「父の家と真紀たちの様子を知らせて」というメールを送った。メールへの打込字数が制限され始めてきた。直に真紀からの返信が来た。二時四十二分であった。大地震から五十六分経過していた。頻繁に来るメールに泰斗は情報化社会ということを身に染みて知ると共に、数あるインフラのうちの一つである電力が喪失した場合、その影響は全てに及ぶという脆い構造の上に成り立っている社会の危うさをも感じた。

「宮城県は通話規制中で、おばあちゃんたちの消息はつかめず。実家、それに私たちには被害なし。成田空港は現在閉鎖中」

娘のメールを読み終えると、直ぐにまたケイタイの着信音が鳴った。同じく妻からのメールだった。

「今、南伊豆町に着きました。仙台の実家が大変みたいです。津波などの被害が出ています。

電話は全く通じません」

妻は窯場に着く前に連絡をくれたのであった。間を置かずにまたメールの着信音が鳴った。

「おれと姉は大丈夫。母は未確認です。仙台は結構大変です。電話したけど繋がりません」

長男の啓からだった。啓は私立の中等学校の教員をしている。恐らく生徒の下校対策や遠距離通学生徒の保護などやるべきことが山積しているに違いない。そんな状況の中で時間を見つけての連絡であった。

泰斗は、啓に母親が無事に伊豆に着いたことを知らせた。そして、仙台の実家に連絡を取り、何か情報を得たら連絡をくれるように伝えた。メールの打ち込み字数の制限が一段と厳しくなってきた。泰斗は時刻を止めたい衝動に駆られた。時刻が止めれば地震の恐怖も止まるような気がしたのである。三時になっていた。


午後、時刻が進むうちに風が出てきた。時刻は三時三十分であった。ようやく出港できることになった。海面には無数の白波が立っていた。南の方を見ると灰色の雲が海面までカーテンのように厚く垂れ下がっていた。その雲の下はスコールに見舞われているに違いなかった。

桟橋からボートまでは幅二十センチほどの板が渡されているだけであった。泰斗と浜田は揺れる渡し板を慎重に踏みしめながらボートに移った。船上から海面を眺めると、波は陸地から見た以上に高く、千切った真綿をまき散らしたように白波が立っていた。「これは揺れるぞ」

と、泰斗は誰にいうことなく叫んだ。案の定、小さなバンカーボートは揺れに揺れた。船長はエンジンをふかしたり落としたりと、懸命に高波と戦っていた。船の揺れに強い泰斗は船の前方に直立し、到着地であるマクタン島をじっと見続けた。晴れならばマクタン島の高層ビル群の一つひとつが識別できるほどであったが、この靄がかかっている天候ではうっすらとしか見えなかった。船が波を切るたびに飛沫が泰斗の全身にかかってきた。しぶきの冷たさが泰斗を責めているようだった。

「母と容子が無事であるように」

飛沫で濡れた顔を両手で拭いながら母と妹たちのことを思い浮かべた。

実家の目の前には、泰斗の母校でもある小学校がある。余震を避け、そこへ二人で避難しているかもしれない。連絡がとれないのはそのためであろう。きっとそうに違いない、と泰斗は自身を納得させようとした。寝たきりの母親を妹一人の手で避難先まで運ぶのは不可能だが、懇意にしている隣家の大木さんが手助けしてくれているに違いない。いや、避難先だってどこまで安全かわからないし、万が一、その大木さんが被災し、身動きが取れなくなっていたならば母と妹は瓦礫の中だ。遠くにいる者の常で、思いは悪い方へ、悪い方へと傾いていく。ざわつく胸を抑え込むように、泰斗は船板の上の足を強く踏みしめた。そして目を凝らして前方を見続けた。ますます風が強くなってきた。これまで経験したことのない強さである。

風が雨を運んできた。雨粒がポツリと泰斗の頬を打った。たちまち雨滴は驟雨となって船を襲ってきた。瞬時の間のことであった。風を含んだ雨は波しぶきと相まって、四方八方から船に降り注いできた。まるでシャワーのようであった。風と雨が一体となって船を打つ。泰斗たちはさすがに堪えられず三畳ほどの船室へ避難した。甲板下の船室は、充満した湿気で胸がつまるほどであった。島影も水平線も全く見えず、うねった三角波が次から次へと押し寄せ、船の行く手を遮えぎっていた。船長は船足を極度に落とし、波を見切りながら船を進めていた。しかし、木の葉のように揺れる船は、波に翻弄されるままであった。その上、雷鳴さえ聞こえてきた。船に当たる波の音が重く、ずしりと腹に響いてきた。強風は船の前進を遮り、船を軋ませ、その軋みがまるで悲鳴のようであった。泰斗はさすがに船室の手すりを強く握りしめ、揺れに抗っていた。そして、「海を侮ってはいけない」と、肝に銘じた。自然の猛威の前での人間の無力さを改めて思い知った。同時に、人間は自然に対しても、他の生き物に対しても愛情を持ち、謙虚でなければいけないと教えられた。

「ダイジョウブ、ダイジョウブ。モンダイアリマセン。スグヤミマス」

ディノは泰斗たちの不安を知ったのか、いつもの楽天的な調子で叫んできた。ディノのこの楽観的な性格はこんな時には大きな味方になり、心を落ち着かせてくれた。

「もう乾期ですからスコールはないはずですが、最近の気候はおかしいです」

「うん、日本も同じだよ、天候がおかしいのは。ディノ」

浜田の叫ぶような声だった。浜田も柱から手を離さなかった。

加圧され、蒸し風呂のような狭い空間に泰斗も浜田も気分が悪くなりそうであった。横になれば少しは気分が落ち着きそうに思えるのだが、船底のため元々アーチ形をしていて平らではない。その上竜骨、梁がむき出しになっており、横になるなど土台無理な話であった。腰を落として息をつく程度であった。

「我慢だな」

二人は同時に同じ言葉を発した。そして「えっ」と声を出すと顔を見合わせながら笑った。

「やっぱり長い付き合いだ。息があっている」

泰斗は心の中でつぶやいた。

メール音である。またまた泰斗のケイタイからであった。開くと覚えのないナンバーが表示されていた。数字の頭に+印がついている。外国からである。

「ハロー」と言うと、早口の英語の音声であった。

遠いためか音声は明瞭でない。しかも船内には波の音、風の音と聞き取るには条件が悪い。しかも、音が遠くなったり低くなったりでますます理解しづらい。多分、インターネット通信のものであろう。さらに泰斗のヒアリング能力も低い。

「どなた」

「ペリー」

かすかに聞こえる。

「どこから」

「カンボジア」

そして、津波は大丈夫かと尋ねてきた。

泰斗は見舞いの電話であることに気づいた。十年ほど前、白木と一緒にカンボジアのプノンペンに四日ほど滞在したことがあった。しかし、ペリーという名前に覚えはない。ないけれどケイタイに電話をしてきたということは、少なくとも最低一度は泰斗と会っているということである。それにしても、地震直後と言ってもよいこの時間にお見舞いの電話をくれるということは、とてもうれしいことである。泰斗の心に感謝の気持ちがどっと沸いてきた。電波の状態が悪いこともあり、また、ペリーのことを確認したいと思いお礼を言い、そして後でかけ直すと言って電話を切った。

泰斗は七年前のカンボジア旅行のことにゆっくりと思いを巡らした。

映画『キリング・フィールド』だ。泰斗は、はたと膝を打った。

一九七〇年代末期、ポルポト政権は文化人を始めとして多くの国民を虐殺し、大穴を掘って埋めた。この映画は、この時代のカンボジアを取材したニューヨークタイムズ記者とその助手たちの過酷な体験を元に制作されたものなのである。泰斗はこの映画のＤＶＤを借りて鑑賞した。強烈な衝撃を受けた。同時に、この地を訪れ、その事実の片鱗でもよいからわが目で見たいと思った。

泰斗は友人の白木とともにプノンペンの空港に降り立ったのは二〇〇一年三月であった。その空港は首都の空港としてはあまりに小さく、一瞬地方の空港かと思ったほどであった。国の指導者を選ぶに誤れば国をも失いかねない。泰斗はまざまざとその現実を見る思いであった。

プノンペンに宿泊した翌日から世話になったのがバイクタクシーのスロットとその友人であった。泰斗は専らスロットに世話になった。市街地に入るとこの地の道路はほとんど舗装されず、穴ぼこだらけであった。その穴を避けての走行のためタクシーはスピードを出すことができなかった。バイクの方が遥かに早く目的地に着くことができた。その上、バイクの料金はタクシーの半額ほどであった。

しかもスロットは英語が話せた。ポルポト政権時代、フランス語や英語を話す者は多くが処刑されたのだ。従って、プノンペンでは英語を話せるガイド、ドライバーは貴重であった。スロットは日本人である泰斗たちにとても好意を持ってくれた。友情さえ生まれたと思えるほどであった。

首都プノンペンからキリング・フィールドのあるチュンエクまでは十四、五キロぐらいであったろうか。そこには骸骨を収めた塔、死体を埋めた大穴、弾丸を節約するため幼児の頭部を叩きつけた大木があった。大穴には未だ小さな、細い、崩れかけの人骨が散乱し、土に同化しつつある衣服の切れ端が認められた。「寒心に堪えず、かつ酸鼻の極み」という言葉以外、この場にふさわしい形容はない、と泰斗は思った。

滞在最後の夜、白木と泰斗はスロットたちの家族をレストランに招いた。その時、同居している叔母も同行して来た。その叔母こそがペリーであった。ペリーは泰斗より五歳ほど年長で、四十歳半ばであったが、十歳ほどふけて見えた。苦労がそうさせたのだろうと泰斗は推測した。ペリーの英語はそれほど上手ではなかった。しかし、そのことが泰斗には幸いした。逆に臆することなく会話ができたのである。さらにペリーの明るい性格が会話を弾ませた。愉快なディナーになった。白木、泰斗にとっても日本出発以来の家族的な食事を楽しんだ。

会話の中で何かの弾みで戦争の話になった。その時、彼女は「戦争は嫌い、喧嘩も嫌い」とはっきりとした英語で言った。そして「友達が一番、友達が増えれば平和も増える。私たちは友達」声を出し、握手を求め、そしてハグしてくれたのだ。彼女のこのような主張のベースにはポルポト政権の圧政があったのは確かであろう。

ペリーはこの時の「友達」を忘れることなく電話をくれたのである。この後、泰斗はペリーにお礼の電話をした。ペリーは勿論のこと家族全員が元気であった。泰斗はわがことのようにうれしかった。

母はきっと無事に違いない。それをペリーの電話が伝えてくれているのだ。泰斗はそう信じた。いや、信じようとした。

ディノの言うとおり、スコールは十五分ぐらいで嘘のように去った。そして、青空をのぞかせた灰色の空が船を追いかけるように現れた。しかし、船は依然として波に揉まれたままであった。泰斗の脳裏を「晴天の霹靂」という言葉がよぎった。

オランゴ島を三時三十分に出港し、マクタンのディノのショップ前船着き場に着いたのは五時頃であった。およそ九十分である。通常の二倍強かかっていた。それでも事故もなく到着できたのは幸いであった。泰斗は下船したときに浜田と握手をし、喜びあった。

日本は六時頃である。泰斗は日はもう暮れているのか、寒くはないのか、そしておふくろは無事なのか、と東の方の空を祈る思いで見上げた。

泰斗たちの宿泊しているアネモネホテルは宿泊費が格安で、ダイビングショップに近いだけが取り柄であった。建物は相当年数が経っており、備え付きのエアコンの騒音はひどく、冷房効果はほとんど認められなかった。シャワーは温水と言いながら、いつも水であった。その上、テレビまでも旧型であった。

泰斗は浜田と共に部屋に入るや否や身体を拭く間もなく、すぐにテレビのスイッチを入れた。しかし、どのチャンネルを回しても日本の大地震のニュースはなかった。タガログ語での番組ばかりであった。衛星放送の受信契約がなされていないのである。泰斗たちは互いに文句を言い合ったが、それで事態が好転する訳でもないことは二人とも百も承知のことであった。いつしか二人は沈黙してしまった。

「夕方六時になったらニュースがあるかも」

その沈黙を破るように浜田が笑顔を取り戻しながら言った。

「そうだね、浜ちゃん、今五時半だからもう少しだ。その間にシャワーを浴びよう」

浜田は泰斗の言葉を聞くと、「じゃあ、後で」の言葉を残し自室へ戻った。

泰斗はすぐにシャワー室へ入った。海水でべたついた身体に冷水が気持ちよかった。身体を拭きながらシャワー室から出ると、着信音が鳴っていた。泰斗は慌ててバスタオルを腰に巻くとバッグの中に手を突っ込んだ。慌てているせいか、音は聞こえるのだがケイタイの在りかになかなか手がいかない。そのうちにバスタオルがゆるみ、パラリと足下に落ちてしまった。しかし、泰斗はそんな事に気も止めずケイタイを探り続けた。ようやく手にして開くと、娘の真紀からであった。

「仙台の由香ちゃんに連絡取れました。由香ちゃん一家も加奈子おばさん一家も無事、ただし、おばあちゃんと容子おばさんとは連絡取れず」

泰斗は二番目の妹の加奈子や加奈子の一人娘の由香の無事を知ってほっとしたものの、母と長女の妹の所在がつかめない知らせに力が抜けてしまった。

泰斗は「やっぱりだめか」と声にならない声を吐いた。やるせなく、悔しく、悲しい気持ちがどっと押し寄せてきた。そして「一月の帰省の折、母親にもう少し優しい言葉をかけ、いたわっておくべきだった」と、悔やんだ。

直ぐにまたケイタイの着信音が鳴った。やはり真紀からであった。

「由香ちゃんからです。由香ちゃんのお父さんが容子おばさんの無事を確認しました。小学校に避難していました」

それを読んだ泰斗は「あーっ」という安堵の声を上げた。こわばった身体が急にゆるんでいった。しかし、依然として母親の消息についての知らせがなかった。不安は高まるばかりであった。

その不安に応えるように真紀からまたメールが届いた。それには「おばあちゃんはショートステイ中で確認が取れず」と記されていた。母の入所先は仙台平野の南部、太平洋に面した井土浜から二キロほど入ったところにある。田園の中にあるコンクリート三階建ての頑丈な施設で、まだ新しい。施設からは松の防風林が見え、波の音も手に取るように聞こえる。海までは至近の距離にある。

「連絡が取れない」ということは津波に襲われてのことなのか、それとも単純に電話回線が不通のためか、一番肝心なことが記されていなかった。泰斗はもどかしい思いでその旨を娘に送信した。しかし、なかなか返信がこなかった。いらいらしていると浜田が部屋に入って来た。六時少し前であった。浜田は直ぐにニュース番組のチャンネルを探し当てた。

そこには津波のシーンが画面一杯に映し出されていた。遠い地平線が少し盛り上がり、その盛り上がったままの水平線が河口へゆっくりと押し寄せて来る。河口から川上に向かう水位が徐々に上がっていく。それに反比例して堤防が低くなっていく。堤防と平行して道路が続く。その道路は堤防より一段と低い。その道路をまだ車両が走っている。「早く逃げろ、何しているんだ」という怒鳴り声が画面から聞こえる。泰斗も思わず「早く」と、叫んでしまった。津波はその高さを急に膨らませると、あっという間に堤防を乗り越えてしまった。小舟がまるで木の葉のように揉まれ、堤防を軽々と超え、そのまま濁流に巻き込まれていく。どす黒い水が広場に殺到していった。水位はみるみるうちに上がり、駐車していた車はいとも簡単に水に包まれ、押し流され、回転しながら急流の中に飲み込まれていった。建物も腰が折れるように次々と崩れ落ち、へし折られて濁流の中に消えていった。まるでミキサーで砕かれているようであった。一瞬、窓から手を振る人影らしいものが見えた。しかし、その建物もまるで巨人が踏みつぶしたように流れに押し込まれ、消えてしまった。家々がいとも簡単に瓦礫と化して奔流に飲み込まれる様は、悪魔の所行としか泰斗には思えなかった。むごすぎる、とも思った。

「あっ、あっ」という叫び声、悲鳴だけが幾度も幾度も画面から流れてきた。泰斗の身体は固まり、手は強く握りしめ、拳となっていた。我に返って手を広げると、掌に爪痕が赤く残っていた。そしてその周りの皮膚が白くなっていた。泰斗はその血の気のない皮膚がまるで死者のそれのように見えた。身体の奥から「不吉」と言う声が泰斗の耳に届いた。泰斗は「不吉なんかあるものか」と言おうとしたが止めた。その言葉を口にした途端に、母の死が現実化すると思えたからだった。

しかし、母親の最悪のシーンをいくら脳裏から振り払っても消えない。それどころか、津波が施設を襲っている光景が浮かんでは消え、消えては浮かんでくるのだった。そして、二泊三日の、しかも月二回だけの宿泊だけなのに、よりによってなぜこの地震の日に遭遇してしまったのか、という愚痴が口を衝いてくるのだった。泰斗は地震への、津波への憎しみが募るだけだった。握りしめた拳の五つの関節がくっきりと浮かび上がっていた。

「おふくろが危ないみたい」

泰斗はかすれた声で浜田に言った。

「津波?」

浜田は遠慮深げに小声で聞いてきた。

「うん、たぶんね」

浜田と泰斗の間に沈黙が流れたままであった。

浜田にメールがあった。

「福島の実家は屋根瓦、外壁が落ちたそうだけど両親は無事」

混乱の中では吉報と言ってよかった。

「それは何より、ひとまず安心だね」

実際、泰斗は心から我がことのように口に出した。

「天候が良くないらしい」

ぽつりと浜田が漏らす。

浜田は一度離した目を再びスマホに戻した。そして、彼の妻からのメールを読み始めた。

二十八日の出発以来、関東地方は寒い日が続き、みぞれや雪の日もあった。まるで冬に戻ったような天候である。関東でさえこんな天候なら、東北はもっと寒いはずである。津波を逃れる人々の背後に雪を含んだ寒風が容赦なく打つ。その無情な、目に余る所行は何故なのか。

浜田の妻は繊細で心優しい女性である。浜田は妻よりは十歳年長である。二人が結婚した時、妻は二十一歳であった。浜田は未だ少女の面影を残す妻を心から愛していた。メールは彼女の優しさを表す如く、寒さと恐怖でおののく東北の人々に思いを馳せていたのだ。その妻を夫の浜田はいとおしみ、憂いているのだ。その美しい夫婦愛に泰斗は打たれた。

その時、外でシャーという大気を圧するような音が急激に近づいてきた。またスコールが襲ってきたのだった。突風にあおられたヤシの木がギシギシと鳴り、横殴りに吹かれた葉がぶつかり合い、カシャ、カシャという金属音を立てていた。庭に置いてあった器物が飛ばされる高い音が響いた。泰斗は外の様子が気になりながらも、テレビの画面から目を離すことはできなかった。

画面には惨状がこれでもかこれでもか、というように次から次へと映し出されていた。大河のように広がった黒い津波が軽々と家々を翻弄し、車や船を弄ぶかのように転がし、転覆させていた。また傾き、半分沈みかけた家が、流されながら煙と炎を吹き上げていた。その上、横なぐりの雪がこれでもか、とばかりに容赦なく吹き付け、黒い奔流は立ちはだかる全ての物を叩きつけ、飲み込んでいった。ひどすぎる、あまりにもむごすぎる、と泰斗は深い溜息を吐いた。

待っていた真紀から着信があった。午後七時四十分であった。

「おばあちゃんのステイ先の施設、ツナミです」

それを目にした途端、泰斗は身体がガクッと崩れ落ちて行くような気がした。立っておられず、椅子に倒れかかってしまった。もしや、と思っていたことが不幸にも的中してしまったのである。

「おふくろ」と、泰斗は天を仰いだ。声にならない声が喉の奥から絞り出された。

窓に当たる雨と風がますます強まってきた。風に吹かれ、雨に叩かれ、上下に激しく揺れているヤシの枝が、葉が、真横に流れ、影絵のように黒く窓に映った。突然、泰斗の脳裏に津波とスコールの光景が重なった。吹き荒れ、ヤシの葉に当たる風の悲鳴のような音は、津波の惨状を悼む慟哭ではないか。無意識のうちに、泰斗の両手は胸の前で固く結ばれていた。

あとがき

私淑する津田信（＊）は、一枚のはがきに十枚の便箋で返信してくれるような篤実な作家であった。また、老若、プロ、アマを分け隔てなく対応し、常に真心を持って接してくれる作家でもあった。半面、創作に関しては妥協を許さず、極めて厳しかった。

ある日、師から突然はがきが送られてきた。それは私の処女作ともいうべき「夕日が赤く静かに」という不登校児を扱った作品に対してであった。それは同人誌『変貌』に掲載したもので、師に送った記憶は全くなかった。後で分かったことであるが、同人の仲間の一人が送ったのであった。そのはがきの中に「久し振りにいい小説を読みました。読みながら目頭が熱くなったところがいくつかありました。作者に感謝したい気持ちです」とあった。私は、この現職の作家の言葉に欣喜雀躍してしまった。さらに師は「自分の生活の中の最も書きたいことを納得のいくまで書きなさい」とも記してあった。昭和五十一年十月のことである。これを機に私は二度ほど会い、また手紙のやりとりも七、八回ほどに及んだ。そのたびに小説を書く心構え、姿勢というものを懇切に説き、また、作品に対する容赦ない、しかし、愛情のこもった論評を記し、励ましてくれた。このような経緯のなかで、私は津田信を密かに師と仰ぐようになったのである。師は昭和五十八年十一月に逝去した。

この半月前、神奈川県津久井湖の近くの旅館で師を囲んでの一夜会を持った。小説家志望の仲間五人ほどが集まり、話題は沸騰した。就寝したのが翌朝の三時であった。

「小説にはプロもアマもありません。あるのは人の心を打つか打たないかだけ、というのが私の小説観です。物語と小説とは違うと考えています。『述べて作らず』これを小説の基本と信じています」。これは、この席での師の言葉である。私の座右の銘ともなった。

しかし、今回所収の作品はどれをとっても師の教えから遠い。逆にそれだけ精進をする余地がある、と私は都合よく解釈している。

所収の四作は全て同人誌『琅』に発表したものである。「昭和天皇仙台巡幸記」は天皇に対する当時の農民の見方を、「椿の木の下で」は朝鮮人への民族・人種差別を、「瞬殺の秋」は時の社会党委員長浅沼稲次郎が刺殺された政治的テロを、「風樹」は三・一一の東日本大地震・津波の自然災害を扱ったものである。

これらは私のそれぞれの時期における課題であり、自らの力で総括すべき対象でもあった。私にとり、この検討・評価の最も適切な方法が小説という形であった。不十分ではあり、ささやかではあるけれど、ひとりの日本人として、その責務を果たしたつもりである。

これらを一冊の書にするに際し、当然ながら推敲に推敲を重ねた。そして、この作業を通し、書くことは自己発見であり、創造であるということを改めて知った。創作と言う苦痛の先に何物にも代えがたい喜びが待ち受けていることも経験した。しかし、その喜びは瞬時である。苦痛や困難を承知で再び新たなテーマに向かう。そうでなければ心の穏やかさは到来しないからである。

私のような凡庸の者がなぜ書き続けるのか。齢八十になって何も無理をすることはないのではないか、残りの人生をもっと楽をして過ごしたら、という声も聞こえる。だが、やはりその誘惑には屈したくない。自分という存在を確かめる手立ては今や、書くことでしか実現できない。あたかも合格の見込みのない受験勉強をずうっと続けて行くような気分だ。が、やはりこの勉強を投げ出すことはできない。むしろ、「朝に星をかずく」の言葉のようにこつこつと倦むことなく書き続けることが、私の最も得心の行く道であり、百姓の末裔としてふさわしい生き方と思っている。

最後に、本書を世に出すにあたり、文芸社の青山泰之氏、岡林夏氏に適切なるご助言、温かなお励ましを、また、編集の方には校正や装丁などの労をいただいた。ここに記し、心からの感謝を申し上げたい。

＊津田信（大正十四（一九二五）年九月一日～昭和五十八（一九八三）年十一月二十二日）東京新橋に生まれる。戦後、日本経済新聞社に勤めるかたわら、小説を発表。芥川賞候補二回、直木賞候補六回、計八回に及ぶ。昭和四十一年に退社して文筆生活に入る。主な著書に『日本

工作人』（財界展望社）、『夜々に掟を』『日々に証しを』（光文社）『幻想の英雄　小野田少尉との三ヵ月』（図書出版社）

津田は、フィリピンのルバング島から三十年ぶりに帰国した陸軍少尉、小野田寛郎と三カ月間ホテルで寝食を共にして『わがルバング島』を書き上げる。しかし、後になって津田は、「真実とは離れている」ことを書いてしまったという「罪の意識にさいなまされる」。それで小野田寛郎の真実を明かそうとして書いたのが『幻想の英雄　小野田少尉』である。

しかし、ゴーストライターが作品の書き手である、と名乗ることはタブーとされている。津田はその禁を破ってしまったのである。だが、それは真実を貫いて止むことのない津田信の真骨頂とも言える。

著者プロフィール

庄子　正彦（しょうじ　まさひこ）

1943 年　宮城県仙台市生まれ
1967 年　東北学院大学文経学部経済学科卒業
1975 年　日本ジャーナリスト専門学校ルポライター講座終了（第 1 期生）
神奈川県座間市公立小学校教諭、校長
聖セシリア女子短期大学非常勤講師
小説作法を作家森下　節、津田　信に学ぶ
同人誌「雲の晴れ間に」「境界」「変貌」「藝文」の同人を経て、現在「琅」同人
著書　小説『避けた風景』（栄光出版社・私家版）、『風のように』（私家版）
座間市立中原小学校校歌作詞

時の代に抱(いだ)かれて

2024年 9 月15日　初版第 1 刷発行

著　者　庄子 正彦
発行者　瓜谷 綱延
発行所　株式会社文芸社
〒160-0022　東京都新宿区新宿1－10－1
電話　03-5369-3060（代表）
03-5369-2299（販売）

印刷所　株式会社フクイン

ISBN978-4-286-25639-9